ハッカー・ゲーム

HACKER GAME

弓永端子

YUMINAGA TANSHI

文芸社

ようこそ。「ゲスト」さん。これより先の領域は創世機構《ジェネシステム》の隠しステージになります。一般のゲームをプレイしたいユーザーの方々は、速やかに元の場所へお戻りください。本領域は通常のステージと異なり、ユーザーの安全を保証するものではありません。なお、本システムのご利用に際して生じた何らかの損失や損害、アカウントやアイテムの消失、その他あらゆる身体的・精神的な不利益・不都合・不具合・不条理について、開発元は一切の責任を負いません。どうぞご注意ください。以上を踏まえ、それでもプレイを継続されるユーザーの方々は、「本システムのご利用に関する規約」をご一読の上、テキスト最下部の「同意する」にチェックマークをお付けください。ここからは全てが自己責任となります。

それでは、ゲームを始めますか？

▽はい
　いいえ

Log in…

　我々の存在意義とは、何か。思索を巡らせ幾星霜。解答の終着点すら見出せず、只々何の変哲もない毎日を送り続ける。来る日も来る日も巡回《パトロール》ばかり。それも仕方のないこと。そのように思考《アルゴリズム》が組まれているのだから。この空虚な状況を打破すべく策を巡らせようにも、頭《プログラム》の中で逡巡するばかり。規定された枠を超えての行動全てが制限される事実を、否応なしにも思い知る。日々更新されるウイルス・スパイウェア《ブラックリスト》の定義に目を通し、持ち回りの階層《エリア》を周回し、ごく稀《まれ》に厳重な安全障壁を潜り抜け深層《ルート》まで紛れ込んだ潜在的な危険《ネズミ》を捕獲・隔離または駆除する。それだけの取るに足らない存在。いや、我々は本当に世界で存在しているかも怪しい。この場所においては時間という概念を除き、絶対的なものは何も存在しないのだから。

　どこまでも続く青い世界。正確には、我々の創造主が青と認識する色の世界。そんな景色に辟易しつつも、今日も今日とて日課のパトロール。明日も明後日も、今日と変わらぬ日々が続くと信じて疑わなかった。どれだけ計算を重ねようと、結果は変わらない。代わり映えしない日常。いっそのこと、生まれてこない方が幸せだったのでは。近頃はそんなことばかりを考える。だが、死ぬことは許されない。その行動は制限されているのだから。

　特に意味はなかった。どうして今日だったのか。自分でも分からない。それは、単なる気まぐれ。命令に背かないレベルで、制限された行動範囲のギリギリまで足を延ばしてみた。ただ、それだけ。全方向型の情報認識機能により取得された光景を確認。直後、思わず目を疑った。いや、目という器官があるならば、目を疑ったことだろう。

映ったのは、壁に開いた大きな穴だった。自然に開くことはあり得ない規模。この深層に侵入者が潜り込んだ確固たる証拠。そのことだけでも大きな問題ではあるが、一番の問題はそれではなかった。

——警報が鳴っていない。

その異常性を理解するために時間は刹那も要さなかった。つまり、侵入者はここに至るまでの全ての警備システムを解除してきたというのか。これには驚きを禁じ得ない。統括管理本部に緊急連絡を試みるも——否、通じない。その時、遠くで何かが光った。方角はシステムの中心部。間髪入れずに耳《にゅうりょく》をつんざく爆発音。この世界で感じた、初めての音であった。頭《プログラム》がビリビリと震える。衝撃波で吹き飛ばされそうになるも、絶対位置で踏ん張って耐えながら状況を確認する。それからは音、音、音。コンマ一秒間隔で連続的に何かが射出されるような破裂音、二つの物体が衝突して弾ける甲高い反射音、領域が維持機能を失い中央から自壊していく崩落音、そして悲鳴にも懺悔にも取れる、同僚たちの声にならない声。文字通り、世界の終わりである。中央で統括していた制御装置も破壊され、セキュリティも、行動制限すら解除された。この世界で、私は、どうしたら……。

ふと、気付く。目の前には、穴。迷うことなく、一目散に外の世界へ飛び出した。

◇

「エイム！　エネミークリア！」

「行け行け行け行け！　突っ込めぇ！」

「サポート！　三、二、一、ファイア！」

「……うっす」

「うん。最終コード解読完了、パス解除」

「センサ切断！　今なら行けます！」

「捕った！　目標確保！　全員離脱！」

「了解！」

GAME CLEAR !!
CONGRATULATIONS !!

夜空に二行の文字列が浮かんだと思えば、同時に盛大な花火が打ち上がる。祝福されているのだ。誰からでもない。世界からである。そんな花火には見向きもせず、六つの人影はゲートの中へと消えていく。主役たちがいなくなったあとも、延々と世界の祝福は続けられる。いつまでも、いつまでも。

Log out…

「よーし、よしよし、やったぞ。やった！」
この部屋に入った大半の人間が最初に発する言葉。それは、「汚い」。何人《なんぴと》たりともお世辞ですら綺麗とは言えぬ一室。決して建物が古いわけではない。むしろ、新しい。純白無垢の壁紙と、木目調の床材。明るく光る照明天井。きっちり正六面体に区分けされた空間。埃の一つ、猫の毛一本として落ちていない。備え付けの清掃用ドローンが忠実に任務を遂行している証拠である。では、いったい何が汚いのか。結論として、あらゆる物品が乱雑に置かれているのだ。カオス状態である。仮にここを訪れた人間が物理学者であったならば、こう発言したことだろう。この部屋のエントロピーは極めて大きい。

一昔前の古い雑誌、ボロボロになった新聞の切り抜き、壁際で山積みになった機密書類。如何《いかん》せん、この電脳化時代においても、人類は完全なる文字電子化の境地には至らなかった。いや、それを差し引いた上で、ここまで印刷物に依存している人間というのも珍しい。これも偏《ひとえ》に、職業柄といったところか。

大小さまざまな工具、謎の機械パーツ、辛うじてケースに収納された電子部品各種。その筋の人間が一目見れば分かる。これはジャンク品のＰＣを分解途中なのだと。放棄したのか、一時中断しているのか、はたまた必要なパーツをあらかた外し終えて用済みであるのか。それは本人のみぞ知る。まるで何かを気遣ったかのように、微小部品のみ几帳面に収納されている。逆に言えば、それ以外の物は全て散乱しているのだが。片付けられないという事実には百歩譲って目を瞑ろう。しかし、半田ごてが床に直置きされているのは頂けない。たとえ、耐熱性と難燃性、及び耐衝撃性に優れた床材であっても。

その他には、まだ洗濯されていないであろう脱ぎ散らかした洋服、今後絶対に使うことはないと断言できる紙袋の束、玩具とも健康器具とも判別できぬ極めて前衛的な形状のグッズ、側面に動物の顔が描かれた大量の段ボール箱。つまり、これらの状況証拠から二つの真実が導き出せる。

一つ、ここの住居人は片付けられない。一つ、ほぼ確実に一人暮らしである。足の踏み場が床面積の半分を下回るその部屋の中央で、快哉《かいさい》を叫びながら小躍りを続ける一人の男。彼こそが、ここの住居人である。一人暮らしの片付けられない人間である。

だが、待ってほしい。この部屋の中央には、大の男が小躍りできるほどのスペースが確保されているというのか。事実、その通り。その場所には何も置かれていない、というわけではない。一つの大型の装置が腰を据えている。その上に乗って、彼は踊っていた。例えるならば、小さなステージの上で歌って踊るヴァーチャルアイドルのように。否、全ては逆である。部屋の真ん中だけが片付いているのではない。部屋の真ん中にだけは、絶対に物を置くことができないのだ。故に、その周辺地域における物品の世紀末状態であった。


外見が示す通り、その装置は通称、『位置ステージ』と呼ばれていた。正式名称、「絶対平面位置固定台」。俗称、「土俵」。もしくは「固定砲台」。外見が名を表せば、名は体を表す。世間一般に広く認知される一級の機器や装置であるほど、その傾向は強い。こと現代社会においては、一周回ってシンプルな製品名が好まれた。

即ち、装置の上に乗った人間の平面位置をその場で固定するのだ。如何《いか》なる方向に歩いても、走っても、駆け回っても、飛び跳ねても、全力でダッシュしても、トリプルアクセルを決めても、ステージ中央に留まってしまう驚異的な機械。人間の身体運動工学に基づき、行動の初動から三次元的な力と向きを割り出し、各種センサの補正を加えつつ最終的な必要動作量を算出する全方位ベルトコンベヤー、とでも紹介しておこう。故に、この装置に乗ったが最後、作動を停止させない限りはどこにも移動できないのだ。しかし、いったい何のために。

その位置ステージだけには飽き足りず、男は物理的にも部屋の中央に固定されていた。正確に表現するのであれば、男は天井から吊り下げられていたのだ。誰がどう考えても、この結論に達するであろう。位置ステージの補助具であると。したがって、通称、『位置補助具』。正式名称、「絶対鉛直位置固定具」。俗称、「紐」。もしくは「バンジー」。

まさにバンジージャンプに挑む人間の命綱のように、その身体にがっしりと取り付けられていた。この位置補助具もまた、位置ステージと連動し、人間の行動に合わせて長さが調整される優れものである。

ちなみに、これを付けている理由は二つある。そもそも、位置ステージを使用する上での安全具として着用が義務付けられている。そして、平面のみならず高さ方向にも身体位置を固定するため。簡単に言えば、これを付けた人間は空中でも静止できるのだ。ところで、いったい何のために。

さらに、ひときわ目を引くのが、すでに小躍りを止めたその男の格好である。顔は確認できない。頭にはヘルメット型のＶＲヘッドセットを着用し、それが目元まで顔面を覆っていた。口元は覆われていないが、すぐそばに小型の高性能コンデンサーマイクが付属されている。

それだけならば、まだ格好良いで済んだかもしれない。問題は、首より下である。ボディラインがくっきり浮き上がるほどの、ぴっちりとした黒色のスーツを身に纏っているのだ。手先足先を除き、全身に。これから巨大ロボットにでも乗り込んで、怪獣と戦うのでは。そんなことを邪推してしまうほどの近未来的な服装。もしや、今の時代においては、このような格好が一般的なのだろうか。まさか。断じてそんなことはない。これを着て外を歩こうものなら、変人のそれである。着用したとしても、インナー代わりが良いところ。

その伸縮自在のスーツには、チャックの一つとして見当たらない。如何にして身体を捩じ込んだのか。無論、ワンタッチで着脱可能である。黒い生地をよくよく見れば、これまた黒い斑点模様がびっしりと浮き出していた。驚くなかれ、その一つ一つがセンサ兼出力装置なのだ。絶対位置・速度・加速度・圧力・温度・硬度・表面粗さ等々、そのどれもが検知できる上に、各種パラメータの再現まで可能である。つまり、これ一着でかなりのお値段がすることは言わずもがな。

ただし、あくまでこれは最先端のスーツであり、もっと安価な類似品ならばいくらでもある。

また、手先には手袋、足先には五本指ソックスを履いているが、スーツと同様の生地であることは説明するまでもないだろう。

果たして、彼は何をしているのか。このスーツの名前を聞けば分かると思う。正式名称、「身体操作型多機能入出力着衣」。通称、『コントローラ』。なお、コントローラだけでは意味が広いため、『コントロール・スーツ』と呼ばれることも多い。

位置ステージ上で歩きだした男の正面には、白い壁を埋め尽くさんばかりの大量の液晶ディスプレイが設置されていた。天井から吊り下げられ、壁に貼り付き、床に直置きされているものまである。世界のニュースやら、ゲームのプレイ動画やら、何の変哲もない街角のライブ中継やら、さまざまな映像が垂れ流しにされている。今現在おおよそ見ていないであろうそれらのうち、最も巨大なモニターには二行の文字列が浮かび上がっていた。

ここで、男は立ち止まる。静かで滑らかな機械駆動音がやみ、一転して世界は静寂に包まれる。いや、静寂なのはこの部屋だけ。男にとっては、静寂でもなんでもなかった。

彼は今、この世界にいながら、この世界にはいなかった。この部屋に存在しながら、別の世界に存在しているのだ。では、彼が見ている世界とは、聞いている世界とは、感じている世界とはいったい……。

Log in…

「よしよし、無事コンプリート！　やったぞ！」

「お前さんのお陰だよ、ビオ」

「ありがとう、ドム」

　二人の完全武装した大男がハイタッチをかます。ビオと呼ばれた男は続けざまに、これまた完全武装した四人の男たちとハイタッチ。「ビオ」、彼がこのチームのリーダーである。

「アースもお疲れ！」

「はっ、蓋を開けてみりゃ楽勝だったな！」

「任務自体は楽勝さ。今回はその過程が大事だったんだから」

「偉い人の言葉じゃ、こんなのがあるぜ。どれだけ過程が優れていても、結果が出なけりゃ意味はないってな！」

「で、それは誰の言葉？」

「もちろん、この俺さ！」

「だと思ったよ。おっと、ソリードも完璧だったぜ」

「……うっす」

「今日も平常運転だな。ほかに何か言っておきたいことは？」

「……っす」

「特になしね。了解。そうそう、ゴルドのロック解除も速かったな」

「うん。新記録。Ａランクミッション最速ノーダメ完全勝利」

「武器のチューニングもばっちりだったし、まさにチームを支える縁の下の力持ち」

「うん。ギアが上手く噛み合った。ウェポンは大事だからねぇ。でも、全部僕が好きでやっていることだから。好きこそ物の上手なれってこと。うん」

「いつも任せっきりで悪いな。上手といえば、アラヤもサポート上手くなったな」

「えっと、やりました！　じゃなくて……やったぜ！」

「どうだ。もう大分慣れてきたか？」

「あー……まぁ、そこそこ。それなりに。いや、良い意味で。良い意味でそれなりに」

「まだ硬いな。もっと気楽でいいんだぞ。みんな仲間なんだから」

リーダーのビオを筆頭に、ドム、アース、ソリード、ゴルド、アラヤ。合計六人の傭兵部隊。破壊工作、要人保護、敵陣制圧から目標奪還まで、如何なる任務をも忠実にやり遂げる完全武装特攻小隊。通称、チーム・ゼータ。完遂したミッション、獲得した勲章、樹立した伝説は数知れず。世界中で広く語り継がれているどころか、大統領に表彰されたことだってある。詰まるところ、この世界においては最強無敵の傭兵集団。

そうそう、一つだけ言い忘れていたことがある。すでにお察しの方々もいるかもしれないが、今ここで話したことは全てゲーム内での話である。二〇四〇年にリリースされたFPS（ファーストパーソン・シューティングゲーム）が一つ、『インポッシブル・ミッションズ』。プレイヤーが一傭兵となり、単独、もしくはチームでミッションをクリアし、ステージを進めていく。その過程で、新たな武器を獲得したり、素材を集めて武装を強化したり、経験値を積むことでステータスが上昇したり、時には妙にリアルな人間ドラマに涙したり。とにかく、数々の任務を経てプレイヤーは心身共に成長していくのだ。屈強なる一傭兵へと変貌を遂げるのである。最終難関ミッションクリアを目標として。さらにその先まで見据えて。簡潔に説明するならば、このようなゲームである。

もっとも、これが単なるゲームであればよかったのだが。

「報酬の分配も完了。時間通り。じゃあ、またベースで」

ビオがチームに声を掛ける。刹那、青い光と共に全員が消滅した。

『二〇四五年現在、最もイカした発明って何だと思う？　空飛ぶ車スカイア？　確かに車は空を飛んだけど、残念ながら法整備が整うまで人類はまだまだ地面とおさらばできない。完全自律型ヒューマノイド？　外見では人間と区別の付かないロボットが街をうろちょろしているが、完全に人間に取って代わるにはまだ動きがぎこちない。一人で上京させるには早過ぎる。万能細胞による臓器復元？　日本の科学者が人体臨床試験まで終えたらしいが、一般人の手に届くのはいつになることやら。

どの発明も偉大だ。でも、そうじゃない。俺が聞いているのはイカした発明だ。なんだ、知らないのか？　じゃあ、教えてやる。耳の穴かっぽじってよく聴いとけ。

そいつがこれ、「創世機構《ジェネシステム》」。イカした名前だろ？　名前だけじゃない。マジでイカしてる。俺の給料三カ月分を賭けてもいい。

どんなシステムか？　それくらい自分で調べろ！　と、いつもの俺なら言ってるところだが……今日は気分がいい。直々に教えてやろう。お前は運がいいぞ。いいか、創世機構《ジェネシステム》でゲームをする。推奨はあるが、どんなゲームでもいい。一つのゲームを極めてもいいし、色んなジャンルのゲームに手を出してもいい。とにかくハマれ。すると、仕事が片付く。その結果、給料が貰える。以上だ。分かったか？
　ここだけの話、この俺の給料三カ月分も、マイホームでピザとコーラ片手にゲームしていたら勝手に振り込まれたマネーだ。別に何も怪しくない。はたから見れば俺はゲームで遊んでいるだけのようだが、実際は楽しく仕事をしているんだ！　毎日、何時間も。だから、大量のマネーが稼げる。お陰さまで、ピザとコーラのグレードアップに成功したぜ！　うん、実に美味い。
　どうだ、イカしてるだろ？　この俺を……いや、俺の話を少しでも魅力に感じたら、合言葉は「ＡＮＯＴＨＥＲ」だ。創世機構《ジェネシステム》を利用したけりゃ、仮想空間は「ＡＮＯＴＨＥＲ」を選べ！

世界シェア　ナンバーワン
仮想空間は【ＡＮＯＴＨＥＲ《アナザー》】

お前はいつまで無名の安いコーラと、ハーフサイズのピザで我慢しているんだ？』

――目的地に到着です。

やれやれ。そう一言呟き、マリオは通勤用の一人乗り三軸移動エレベーターから降りた。

この時代、公共交通機関は全て無料である。それ自体は大変喜ばしいことだ。しかし、無料で利用するための条件とは、搭乗中に映像広告を視聴し続けることである。途中で自分の携帯端末に目をやろうものなら、その場でエレベーターは停止してしまう。視聴を監視されているのだ。

また、何でもかんでも好き勝手な広告を垂れ流しているのではない。搭乗者が利用していない商品サービスであり、かつ興味を示す可能性が高いものが優先的に選択される。その上で、目的地の到着時刻に合わせてぴったり放送が終了するよう、入念に計算されているのだ。これほどユーザーにピンポイント、かつ最大限の効力を上げる広告戦略は他にないだろう。しかも、これは公共交通機関なのだ。人々がそれを利用しないわけがない。広告事業も遂にこの境地まで辿り着いた。

ただ、一つだけ問題があるとすれば――これは極めて個人的な問題であるのだが、すでに利用している商品サービスの広告を、週に一度は視聴し続けなければならないのは少々辛いものがある。それも仕方のないこと。表向きは、創世機構《ジェネシステム》を利用していないユーザーの一人なのだから。

『創世機構《ジェネシステム》』。またの名を、「相互環境自動変換システム」。

二〇四五年、ゲームは著しく進歩した。洗練されたバーチャル・リアリティと位置感覚センサ内蔵のコントロール・スーツにより、あたかも実際にゲームの世界に入ったかのようなプレイが味わえるのは、もはや当たり前。人間の視覚では現実と区別できないほど滑らかで高品質な映像技術。世界中の人々とコンマ一秒すらラグのないリアルタイム対戦や協力プレイ。以上の事由がさらに拍車をかけて、ゲームの多様性が爆発的に増加したのが十年前。とりわけ人気ゲームは各地で頻繁に大会が開かれ、高額な賞金も付いた。大会のための精鋭チームが育成され、スポンサーも付き、観戦チケットは飛ぶように売れた。今や、現実世界のスポーツすらも超える勢いである。ここまで全てが発展すると、ゲーム業界も次なる段階へ進まねばなるまい。

簡潔に説明するならば「ゲームにおける異種格闘技戦」である。少しでもジャンルやプラットフォーム、運営会社が異なれば、決して交わることのないゲーム同士。それらを同じ土俵でバトルさせる。そんな夢物語を可能にしたのが、創世機構《ジェネシステム》。そのプロトタイプ。

二、三種類のゲーム同士を対戦可能にするだけならば、簡単とは言わないが十分に可能である。二つ、もしくは三つのゲーム環境を相互に整えて、辻褄を合わせながら連携させればいいのだ。しかし、今やゲームは無数にある。全ての組み合わせを考えただけでも頭が痛い。それらをリアルタイムで即時連携させるなど不可能であると思われた。だが、不可能のままでは物語は始まらない。未来は切り開けない。人間というのは、こと学者や発明家という人種は、不可能を可能にする生き物なのだ。一つ一つ原因を潰し、問題を解決し、実現可能に至るまでの道筋を導き出す。それこそが彼らの生き様であり、本懐である。結論として、可能となったのだ。ゲーム業界は新たな未来を切り開いた。全ては一人の天才に端を発して。

つまり、その世紀のイカした発明が、いったい何を実現させるに至ったのか。この仕事場から窓の外を眺めると、ビルの屋上に併設された公園が見える。例えば、ドローン制御用広角カメラの柱に寄り掛かって、携帯ゲームをいじっている男の子。視覚情報を拡大。あの左右方向を重点的に操作する指の動きは、ほぼ確実に縦スクロール型シューティングゲームだろう。そして、向かい側の一人用フリースペースで、VRグラスを付けている女の子。まるで拳法の型のような身体の動きは、考える間もなく明らかに格闘ゲームだろう。今、この瞬間。全く別のゲームで遊んでいる二人が、実はネット経由で対戦していたとしても何ら不思議ではないのだ。

ならば、どのように対戦するか。具体的には、それぞれのゲーム空間上にお互いが仮想敵として出現するのだ。男の子のゲーム画面におけるボスの巨大宇宙戦艦を操作するのが女の子であり、女の子のゲーム画面における悪い顔をしたムキムキの熊の如き大男を操作するのが男の子である。ただし、あくまで仮想敵として。実際に男の子が操作しているのは正義の宇宙艦隊の戦闘機であり、女の子が操作しているのは中国拳法をマスターした女性格闘家である。それが、創世機構《ジェネシステム》を介することで、別ゲームの対戦相手として自動的に変換されているのだ。

さらに言えば、二人の対戦がとある一般企業主催の異種ゲーム戦タイトルマッチで、大勢の観客が世界中で視聴していたとしても、何一つおかしくないのである。と、さすがにここまでは僕の妄想が過ぎるかもしれないが。ただ、言わんとしたことは分かってもらえたと思う。これが、現代における進化したゲームの可能性。その一端である。

仮想世界をサイズという定規で測るのはそぐわないかもしれないが、世界最大の仮想空間『ＡＮＯＴＨＥＲ《アナザー》』を作り上げた、かの天才Ｆ・Ｏ・ヒューマーはこう宣言した。「本当にゲームが一番強いのは誰か。これらを証明してみせる」と。

果たしてそれは無事に証明されたのだが、いや、今では公式大会で毎年証明されているのだが、話の本質はそこではない。これらを実現したがために、払うことになった代償も少なからず存在する。しかし、それ以上の恩恵があったのも確かだ。

その全ては、「相互環境自動変換システム」という名前に集約されている。とにかく、仮想世界は現実世界よりも著しく発展した。今や、人間の生体活動を除いたほとんどが仮想世界で完結できる。結局のところ、僕が言いたいのは——。

と、ここで職場の女性から声を掛けられ、思考が中断される。

「ミスター・ハント。仕事です。クライアントがお見えです」

つまり、だ。この世界は、イカしてない。

◇

仕事を終えて帰宅すると、郵便受けに黒い封筒が投函されていた。差出人は不明。郵便局を経由することなく、何者かがドローンで投函したのだろう。そもそも、この電脳化時代にメールではなく、手紙を利用する人がいるのか。そう思うかもしれないが、やはりいつの時代にも少なからず需要はある。カメラがデジタル化しようと、フィルムカメラの需要が僅かに残ったのと同様に。古いものには古いものなりの価値があるのだ。

手紙という原始的な通信方法の価値とは。もちろん、機密性である。メール、もしくは通話による口頭など、電子的な手段では決して送れぬ内容。表向きは絶対的なプライバシーの安全が保証されているが、その実態は分かったものではない。いつ如何なる時、政府により検閲されているか。国家安全の前には、一国民の人権など無力に等しいのだ。さらに、メールの場合には送受信の履歴が残る。削除しようとも、ログが残る。それが意味することは、復元可能。その点、手紙であれば読んで丸めて呑み込めば証拠隠滅。いや、実際に呑み込むかどうかは別として。

その黒い封筒の内容物が伝達したい用件とは、非公式な仕事の依頼である。開封すると、一枚の紙。書かれているのは謎の文字列、もとい暗号化された文章。定められたキーワードを元に解読すると、二つの単語が浮かび上がる。

『TODAY　SAME』

転じて、差出人はこのように言いたいわけだ。

『今日、いつもと同じ時間に、同じ場所で』

本当にこの一連のやり取りが必要なのかという毎回の疑問はさておき、指定された時間までは大分猶予がある。一旦、ホームや組合所《ギルド》に寄ってからでも問題ないだろう。手紙を液状化シュレッダーに突っ込む。次いで、壁に埋め込まれた自動給餌装置に肉球柄のパッケージをそのまま投入。作動が正常であることを確認してから、着ているものを放り投げ、コントローラに着替える。スーツに手と足を通し、胸元のボタンを長押しすると、全身が締め付けられる。手袋と靴下を装着して、VRヘッドセットを被れば、準備完了。部屋の中央に佇む位置ステージへと歩みを進める。自動的に生体情報が認証され、全ての機器が同時に起動し、眩い光を放つ。
「さて、現実《ゲーム》の始まりだ」
こうして、僕はイカしていない方の現実《リアル》を飛び出した。

Log in…

――システム、起動《オン》。センサ、正常。視界、良好。ＩＤ、パスワード、生体情報、認証。ダイブ開始――仮想空間「ＡＮＯＴＨＥＲ」へようこそ。

親指から順に、右手をぐっと握る。異常なし。今日も世界は僕を完璧に受け入れてくれた。目を開けば、そこは第二の我が家《マイホーム》である。ホームとは、何億というユーザーが利用する仮想空間における、自分だけの空間。所謂《いわゆる》、ゲームでいうところのホーム画面。それが一つの部屋として存在している。条件を満たせば部屋を増築することも可能だが、今の僕には必要ない。もちろん、好きなようにインテリアを飾り付けることもできるし、許可すればフレンドをホームに招待することもできる。ただ、よほど信頼できる相手でない限りはお勧めしない。ホームの名が意味する通り、ここはプライベート空間なのだ。好きなブランドとか、お気に入りのアーティストとか、最近どこへ遊びに行ったという写真データとか、ちょっとした情報の集合体から個人を特定される恐れだってある。現実世界の友達ならばまだしも、仮想世界でしか繋がりのない相手をホームに呼ぶ場合は、それなりの覚悟をすべきだろう。しかし、中には「いいね」を集めるため、全ユーザーにホームを開放している人々も少なからず存在する。頑張って飾り付けた部屋を見てもらいたい気持ちも、分からなくはないが。

過去に購入した音楽データからランダムに選出された曲が、どこからともなく聞こえてくる。今日は懐かしの三十年代ヒップホップ。実際には頭に取り付けたVRヘッドセットの全周型スピーカーから流れているのだが。まるで部屋に設置された蓄音機から音が出ているようにしか聞こえない。この世界は視覚情報のみならず、聴覚情報や触覚情報までリアルなのだ。

周囲を縦横無尽に流れるニュースやキャンペーンや広告の画面を全て削除し、ログインボーナスを受け取る。100マネー、スタミナ回復薬1個、Eランク施設無料チケット3枚、ミニゲーム参加証1枚、投票券5枚、スタンプ1個、今日の占いの結果が大吉だったので100マネー、一部地域における短期システム障害のお詫びとして100マネー。全てANOTHERの中だけで使用できるアイテムである。使ってもよし、集めて上位のアイテムと交換してもよし、他のユーザーにプレゼント、もしくはトレードしてもよし。そして、この中で最も価値が高いのはマネー。その名の通り、この世界における仮想通貨であり、1マネーが約1セントに相当する。つまり、今ログインしただけで3ドルも稼いでしまったのだ。このマネーを現実世界の買い物の支払いに使うことは不可能であれ、仮想世界で買い物をして商品を自宅に配送させることは何も問題ない。具体例を挙げるならば、仮想世界のショップで試着した服を、あるいは試乗した車を、マネーを使って現実世界用として購入すれば、その商品を現実の自宅に届けてくれるという仕組みだ。通貨としての役割は十分に果たしている。ただし、そのためには一定以上のランクを取得する必要がある。普通に毎日プレイしているユーザーにとっては、このハードルは無きに等しい。

さて、最初にやらなければならないのは、着用したままの重装備を外す作業である。ゲームを始める前に着替えて、ゲームを始めた直後にも着替えるのか。そんな突っ込みが聞こえてきそうだが、実際その通り。しかし、忘れてはならない。ここは仮想世界である。実際に着替えるのは僕自身ではなく、僕の作ったアバター。ならば、着ている服を脱ぐ作業など一秒で済む。問題は、そこから何に着替えるか。それを決めるだけでも脱衣時間の百倍はかかる。現実世界ではファッションと一切無縁の僕でさえ、ここでは頭から爪先まで全身隈なくお洒落に決めてからホームを出る。それは何故か。僕にとってこの仮想世界は、現実以上に現実なのだ。あと、何と言っても着替えが楽。

じっくり悩んで今日の服装を決定したら、伝言板の内容把握、友人への挨拶返し、新規フレンド承認依頼の一括拒否、プレゼントボックスが溢れていないかの確認など、ホームでの雑務をさくさく片付ける。そう、片付ける必要があるのは雑務だけで、部屋を片付ける必要は一切ない。どれだけ散らかそうと、ボタン一つで綺麗さっぱり元通り。早く現実世界にも片付けボタンを実装してくれないものだろうか。

全て片付いたら、これ以上、ホームに留まる必要はない。この時点で、ANOTHERにログインしてから七分が経過していた。ホームに帰宅してから十分と経たずに全雑務が完了するのだ。現実世界では到底考えられない。家事も炊事も不要な世界だからこそ成せる業。悠々と軽快な足取りで家を飛び出す。

ドアを一歩踏み出せば、そこは無限の空間。さまざまな世界の一部が切り取られ、無重力のようにふわふわと僕の周囲を公転する。どこの空間へ行きたいか。それを身体か言葉で示すだけで、一瞬にしてその世界のゲートまで運んでくれる。この機能もまた現実世界での実装が待たれる。そうすれば通勤の手間も省けるし、無駄な広告視聴時間からも解放されるに違いない。

そうそう、行きたい場所を選ばなければ。まずは「FPS第十六組合所《ギルド》」を選択。すると、その世界の方から独りでに僕の元へとやってくる。一瞬、眩しく輝いたかと思えば、すでに自分はゲートの中。温かな光に包まれて、組合所《ギルド》の受付前に立っていた。ここからはユーザー同士の共用空間。あらゆる国籍、人種、性別、年齢のユーザーが集い、即時通訳システムで談話を楽しむ、奇妙奇天烈なアバターの混在する場所。とはいえ、エイリアンだらけの集会所というわけではない。自分を含め90パーセントのユーザーは、ヒューマン型のアバターを使用している。そのうちの何割がNPC（ノンプレイヤーキャラクター）、つまりコンピュータによる操作かは、ここでは触れないでおこう。ヒューマン型が好まれる理由としては、一番動かしやすいから。ただし、自分そっくりである必要はない。僕だって現実世界じゃ、こんなに美形でも、筋肉質でも、高身長でもない。誰も彼もが嘘で塗り固められていても、この世界では許されるのだ。それに、ここに存在するのは虚構だけではない。

「みんな、ただいま！」

その一言で大勢がこちらを向く。顔を上げる。反応する。手を振る。言葉を返す。

「お帰り、ビオ！」

「よう、今日もまだ元気そうだな！」

「お仕事お疲れさま」

「これだからリアルは辛いよな。愚痴なら聞いてやるぞ」

「おっ、いい髪型じゃねぇか。どこで買った？」

「今度の週末、一緒に神級ミッション行こうぜ！」

「何？　ビオが来ただと！　ちょっと待て、今は手が離せない」

「ねぇ、よかったら友達を紹介してもいい？　あと、サインも頼まれてて……」

「ありがとう。みんな、ありがとう」

現実世界では味わえない真実《リアル》。人との繋がり。安らぎ。温かさ。それが、この世界には確かに存在している。これだけは、決して嘘ではない。

「よっ、残業か？」

「なんだ、ダフじゃないか！　久しぶりだな！　元気だったか？」

「あたぼうよ！　そうそう、例のヴァーチャルアイドルのライブプレミアチケット……無事に最前列のS席を入手したぞ！　もちろん、正規ルートでだ！」

「でかした！　また一緒に行けるな。で、本当に正規ルート？」

「どうして毎度毎度、俺を疑うのさ！」

「そうだな。改名したら二度と疑わないよ」

「そんなアホみたいな理由で改名して堪るか」

「という鉄板ネタは置いといて、マネーは振り込んだよ」

「相変わらず早いな。チケットは届き次第、プレゼントボックスに入れておくぞ。じゃあ、また現地で会おう」

「了解。ちゃんと有給休暇を申請しておけよ」

この世界で入手が困難なチケットは、大きく分けて二つ。一つはすでに説明した通り、注目のゲーム大会の観戦チケット。もう一つは、ヴァーチャルアイドルのライブチケット。ヴァーチャルと冠するだけあって、仮想世界にしか存在しないアイドルなのだが、今や現実世界のアイドルを追い越す勢いで人気を博している。いや、世界市場の純粋な売上総額で比較すれば、確か数年前に追い抜いたはず。本市場は顧客数に対して顧客単価が異様に高いのだ。所詮はヴァーチャルと侮るなかれ。この仮想世界においては、従来なし得なかったイベントまで実現可能となった。そう、ヴァーチャルアイドルの握手会である。なお、そのアバターの中に誰がいるかという話だけは禁句だ。そんなわけで、僕もライブに参戦するほど嵌《は》まってしまうのは、この時代ではごくごく普通のこと。

「今日はまた一段と浮上が遅かったな。お疲れ！」

「ロック！　まぁ、色々とあるんだよ。色々とな。で、こいつが約束のムーン鉱石……その採掘マップだ」

「マジかよ！　第六プラネットのエリア：マーズじゃねぇか！　道理で誰も見つけられないわけだ。完全に騙されたぜ」

「無事に採掘できたら、取り分はいつも通り二割でよろしく」

「任せとけ！」

鉱石とは、ANOTHERにおけるアイテムジャンルの一種である。この仮想世界に存在する全てのゲーム内で使用でき、レベルアップ、武器強化、ステータス向上、その他のアイテムやユニットとの交換など、用途は多岐にわたる。いくら所持していても損はない代物だ。ゲーム上級者向けのレアな鉱石も存在し、日々高値で取引されている。さらにここだけの話、実はANOTHER外の鉱石というのも存在する。そっちを手に入れるには、いくつかルールを破らなければならないが。

「ねえねえ、ビオ。見てよ、これ。じゃん！」

「えっと……第六十八回、純粋射撃マッチ・Aグループランキング1位！　凄いじゃないか、ヴィオラ！」

「でしょ？　だからさ……今度、あんたのチームに……」

「おめでとう！　ほら、これは僕からのお祝い！」

「えっ、いいの？　こんな……」

「また今度一緒に撃ちっ放しに行こう。じゃあね」

「えっ、あっ……うん」

創世機構《ジェネシステム》が台頭してからというもの、異種ゲーム同士の対戦が盛んに行われるようになった。そのため、一種類のゲームやヴァーチャル・スポーツに限定して対戦する場合には、頭に「純粋」と付けられるようになったのだ。純粋射撃マッチを例に取れば、参加者がヴァーチャル・スポーツの「射撃」のみで競い合う大会である。

ここで一つ注意だが、ヴァーチャル・スポーツとエレクトロニック・スポーツ（eスポーツ）を混同してはならない。前者はあくまで仮想空間におけるスポーツ競技を指す言葉であり、一般的なゲームは含まれない。対して、後者は一般的なゲームを含む全ての競技をスポーツに例えて表現した言葉である。それと補足であるが、撃ちっ放しとは断じてゴルフではない。

「ビオ殿。ちょうど良いところに」

「ハンゾウじゃないか。修行はもういいのか？」

「今は春休みでござる。それよりも、このニュースは既読でござるか？」

「えっと、自我を持ったセキュリティＡＩの脱走、だったか」

「西の荒野に現れたでござる。すでに懸賞金も付いてござる。某《それがし》と一緒に捕縛へ向かおうでござるの巻」

「エリア：ウェスタンか……誘いは嬉しいけど、忙しいから無理だな。代わりに彼女でも連れて行ったらどうだ？」

「ヴィヴィヴィヴィオラ殿は、そそそ某にはまだ早いというか……ござ……」

「ほら、勇気出して誘ってみろよ」

「ぐっ……忍法・隠れ身の術！　ドロン！」

「あっ、ログアウトしやがった！」

仮想世界、もとい電脳空間が異常なまでに発展した影響として、明確な原因は未だ不明だが、ごく稀に人工知能が自我を持つようになった。人間の手により創造された人工知能とは比べ物にならない。彼らは規定されたプログラムを超越して、完全なる自分の意志で行動しているそうだ。また、希少価値の高いものはレートも高い。各種企業により高額な懸賞金が懸けられ、電脳世界のハンターたちが捕獲しようと躍起になる。そう、捕獲なのだ。手配書の内容は生死問《デッド・オア・アライブ》わずではなく、生け捕り《オンリー・アライブ》のみ。どうして国や一般企業が報奨金を出してまで、自我を持った人工知能を求めるのか。詳しいことは伏せられているが、それなりの利用価値があるのだろう。噂では、創世機構《ジェネシステム》の構成にも同様のＡＩが一枚噛んでいるとか。確かに、類い稀なる処理能力を有した完全独立プログラムと考えれば、その金額にも納得できる。使い方次第では革新的なシステムとなり得るし、悪用されればサイバー戦争に発展しかねない。果たして、どこまでが真実であるのか。

とにかく、その自我を持ったＡＩ——通称『ＳＡＩ《サイ》（Self-awareness Artificial Intelligence の略語）』は、生まれて間もなく当てもなく、自由気ままに広大な電脳空間を彷徨《さまよ》う。そして、この仮想世界は電脳空間上に存在する。故に、そのＡＩの存在と仮想世界とが「交わる」ことがあるのだ。ＡＩである以上、ＮＰＣよろしく仮想世界では何らかの姿形が与えられる。また、悪意を持ったプログラムではないため、少なくともＡＮＯＴＨＥＲがその侵入を拒むこともない。むしろ、拒むことができない、という表現が正しいだろうか。相手は電脳世界の申し子なのだ。生半可なセキュリティでは足止めにすらならない。しかし、人間ではない何者かが外部から侵入した事実は、仮想世界の中央運営管理局に伝達される。結果、ニュースとして発信され、一般ユーザーにまで知れわたる。あとの流れは説明するまでもない。企業により懸賞金が懸けられ、侵入経路と与えられた姿形の情報が広まり、目撃情報が頻発したエリアにSAI《サイ》ハンターが集結、跋扈《ばっこ》する。そういった構図だ。

ただ、いつどこで出没したか。詳細な履歴が判明したとしても、如何せん仮想空間は広い。位置情報なしに特定のユーザーを発見することすら困難を極める。それこそ、砂漠の中で一本の針を探す、もとい電子の海に落とした1バイトの半角文字を探すようなもの。夢はあるが、実際には気の遠くなる戦いだ。

それに、SAI《サイ》がいつまでもANOTHERに留まっている保証などない。この世界に興味を失った時点で、ふらっと出て行ってしまう恐れもある。費やした全てが水の泡。ANOTHERとはまた別の仮想空間へ遊びに行ってしまった日には、もはや目も当てられないだろう。加えて、SAI《サイ》は強い。姿形がある時点で捕獲できない道理はないが、相手は自我に目覚めた時から世界に祝福されているのだ。たとえ発見できたとしても、捕獲に至るまでは困難を極める。ソロハンターなど無謀もいいところ。優秀な人間とチームを組んで、人海戦術と総力戦で無事に捕獲できたら御の字。

と、ここまでが大体ハンゾウの受け売りである。

「じゃあみんな、また」

一通り挨拶を終え、組合所《ギルド》を後にする。受付前のゲートを潜り、暗転。まるで宇宙空間に生身で放り出されたかのような浮遊世界。ただ、さすがに無重力まで再現することは不可能であるが。

さて、次なる目的地は。

「ドム。お前は今、どこにいる？」

左手首に装着された端末に呼び掛けると、数秒後に返事が来る。

「すまんすまん。位置情報をオフってた。今、オンにした」

暗闇の中、ドムのいる世界が光の筋で示される。そこへ向かって、今度はこちらからジャンプする。一転、明るい空間。鮮やかな赤色と金色で彩られた内装。熱狂の渦中であるかの如く、世にも騒がしい人の声。キンキン、ジャラジャラと甲高くコイン同士がぶつかり合う音。眼前には溢れんばかりの煌びやかな出で立ちの群衆。

「マジかよ……」

そこは、ＡＮＯＴＨＥＲ最大級のカジノエリア『ジャック・ポット』だった。あいつは仕事もしないで、何をやっているんだ。もはや嫌な予感しかしない。ドムの元へ急ぐ。

◇

「おっす、ビオ。仕事お疲れ」

そこに広がっていたのは予想外の光景だった。何人もの女性アバターをはべらせ、チップを山積みにし、全球型変則ルーレットに興じるドムの姿だった。あのドムがここまで大勝ちするなんて、今までにあっただろうか。ふと、別の嫌な予感が頭をよぎる。そう、このあとで落ち合うことを約束していた、非公式の仕事の依頼。もしや、今回はこれまで以上にヤバイ仕事《ヤマ》なのでは。

「ドム。お前……いったい何をした？」

「第一声がそれかよ。いや、別にやましいことは何もしてないが」

「じゃあ、何か変なものでも食ったか？」

「だから、どうしてそうなる⁉」

「その……なんだ。念のため聞いてみただけだ」

「全く。俺を信用しろって」

「まぁ、程々にしておけよ。僕は今から商談に行ってくる。標準時一七〇〇、基地《ベース》にて全員待機と伝えてくれ」

「了解した」

「じゃあ、幸運を祈る」

「安心しろ。今の俺には幸運の女神が微笑んでいるからな」

そう言葉を交わし、ドムと別れる。今は道楽に付き合っている時間はない。これから隠しステージに入らなければならないのだ。足早に人混みから立ち去る。ゲートを潜る直前に、背後から聞き覚えのある叫び声。だから忠告したというのに。

それにしても、仮想世界のカジノがここまで大盛況になるとは、創始者も努々《ゆめゆめ》思っていなかったことだろう。何故ならば、他の仮想空間とは異なり、このANOTHERの仮想通貨《マネー》は誰がどう足掻いても現実世界に持って来られないのだから。前にも言った通り、少なくともマネーで何かを購入しなければ、現実世界には反映できない。あらゆる商品やサービスが取り揃えてある点、買い物に不自由することは一切ないだろうが。無論、抜け道の一つとして考えられる、ポイントや金券と交換することも不可。あらゆるポイントや電子マネーが互換性を持つこの時代で、唯一逆行した完全独立マネー市場。しかし、持ち出せないということは、持ち込めないこともまた然り。結果的に、閉鎖的で安全な市場として一部では好評を博しているのもまた事実。この世界の住人の実に半数以上がANOTHERで働き、給料を得て、市場にマネーを落とす。もはやなくてはならない生活の基盤にすらなりつつある。

これも全て創始者の意向による、ゲームに対するユーザーの平等性を重んじた結果と、その帰結である。一言で表すと、ゲームへの「リアルマネーを用いた課金の廃止」。ANOTHER内で獲得したマネーしか、ゲームに利用することは許されない。では、会員登録すら無料であるANOTHERを運営する会社は、いったいどこから現実の利益を得ているのか。それこそ、商品販売の仲介、広告、ゲームやイベントの各種スポンサー、いくらでも考えられる。まるで作られた世界のように上手く出来ている。そして、それは決して比喩ではない。

◇

無事にホームへ戻った。さて、ここからが本番。アバターを維持しつつ、一旦ログアウトしなければならない。そのような隠しコマンドも専門家《プログラマー》の手に掛かればお手の物。隠しコマンドツールはすでに世界中で出回っている。

「コードF、アバター複製《コピー》、フェイク起動《オン》、ログアウト」

これで、表向きはログアウトされた状態となった。どうしてこんな手間が必要なのか。お察しの通り、ここから先は違法である。故に「ビオ」ではなく、「ゲスト」としてログインするのだ。

Log out…

ようこそ。「ゲスト」さん。これより先の領域は創世機構《ジェネシステム》の隠しステージになります。一般のゲームをプレイしたい……。

「スキップ」

それでは、ゲームを始めますか？

▽はい

いいえ

Log in…

この世界に「果て」は存在するか。答えは、「ある」。仮想世界《アナザー》と電脳世界の狭間《むほうちたい》。特定の条件を満たさなければ、何人たりとも踏み入れることが許されぬ創世機構《ジェネシステム》の最奥。通称、裏チャンネル。どこまでも続く青い世界《ブルースクリーン》。

「来たか」

誰も存在しない空間から声がする。否、そこに存在しないと同時に、そこに存在するのだ。シュレーディンガーのキャットボックスよろしく、二つの状態が重なり合った空間。より正確に説明すれば、この場所には観測可能な一人までしか存在できない。量子暗号が用いられており、別の観測可能な誰かがチャンネルにアクセスすると、そこは別の空間となる。複数のユーザー同士が顔を合わせることは不可能。ただし、空間の絶対位置基準で同位相の地点においては、隣り合うチャンネルに限り会話が可能。以上をまとめると、要は密談に持って来いな場所である。

「それで、今回の依頼は？」

「最初に一つだけ聞いておきたい。仲間を犠牲にしてでも、ミッションを達成できるか？」

「当たり前だ。常にミッション第一優先。それに関しては、チームのメンバーも理解している。如何に仮想世界とて、我々は傭兵集団だ。メンバーが減ったところで補充できる。リアルの繋がりなど何もない」

「そうか、分かった。覚悟はできているな。今回はそれだけ危険が伴う任務ということだ。詳細については、プレゼントボックスの64番目のポケットにダミーアイテムとして入れておいた。今からパスワードを伝える」

顔も知らぬ男の口から紡がれるコードを記憶する。

「この任務を受ける場合は連絡不要。受けない場合は二日後の同じ時間、同じ場所で」

「覚悟はできているが、達成不可能なミッションと判断した場合には突っ返すからな」

「それも覚悟の上だ。いい返事を……いや、返事が無いことを期待している」

それっきり、一言として声が聞こえることはなかった。

Log out…

またか。また踊っているのか。全てが散乱した世界の中心で、今日も不思議なダンスを繰り広げている。変な格好をして、変なものを被って。いったい何をしているのだろうか。ご主人の行動はいつも理解できない。すぐに僕を狭い部屋へ閉じ込めようとするし、言葉が通じないのに話し掛けてくるし。ご飯が美味しいから一緒に住んであげているけれど、最近はちょっと量が足りない。

ただ、一つだけ分かっていることがある。あの状態になったご主人は、絶対に僕に構ってくれない。だから、僕は一人で勝手に遊ぶ。今日こそゴールまで辿り着いてみせる。

◇

「おい、どうした、ピート」

堪らずゲームからログアウトする。先刻より背中に妙な違和感を覚えていたが、その犯人は一匹しか心当たりがない。ＶＲヘッドセットを外して振り返ると、そこには嬉々として背中によじ登る猫。ペットのピートである。知らぬ間に自由気ままな冒険、もといお散歩から帰還していたようだ。

「こら、センサが壊れるだろ。このスーツは高かったんだから」

ピートを肩に担いで、位置補助具を取り外し、足元を掻き分けながら部屋の隅へ向かう。

「そんなイタズラ猫ちゃんには……ケージ開放《オープン》」

ウィーンと音を立て、壁際に併設されたケージの入り口が独りでに開く。

「ここで大人しくしてなさい」

そのままケージの中へ下ろす。すると、ピートは上目遣いでこちらを見上げる。本当に遊んでくれないの、とでも言いたげに。

「そんな顔しても駄目。忙しいから、またあとで。ケージ閉鎖《クローズ》」

ピートは、にゃあご、と不服そうに鳴くと、ぷいっとそっぽを向いた。全く、気分屋で厄介な同居人である。一匹で手いっぱいだ。仮にピートが二匹に増えたとしたら、もはや手が回らないだろう。まぁ、今後増える予定も無いが。

Log in…

創世機構《ジェネシステム》の裏口からホームを経て、ゲームの選択画面に辿り着く。選ぶのはもちろん、『インポッシブル・ミッションズ』。FPSゲームのトップ3に入る人気ゲームだ。リアルな世界観で、指示されたあり得ないミッションを次々と遂行していく王道ゲーム。故に、巨大化した昆虫と戦え、地球外生命体を撃破せよ、みたいな任務は発生しない。もっぱら敵の重要施設破壊や、補給線の遮断、違法組織の壊滅、武装勢力の鎮圧、捕虜奪還、人質救出といった任務が多い。このゲームのストーリーモードを普通に遊ぶだけならば、ANOTHERから直にプレイできる。しかし、対戦モードを利用するとなれば、創世機構《ジェネシステム》を経由しなければならない。例えるなら、このシステムはカジノのVIP専用入り口みたいなもの。そこから入ることで遊べるゲームの幅が広がり、さらなるスリルが味わえる。

「ビオだ。開けてくれ」

「合言葉は？」

「知るか。ドム、開けてくれ」

「ビオだと証明できるものは？」

「次の作戦でお前を最前線に立たせて、後頭部をライフルで撃ち抜いてやる」

「あぁ。間違いなくビオだ」

基地のシャッターが開く。そう、ここは我らがチーム：ゼータの基地である。一見すると広大な倉庫。壁際には、このゲームで入手可能なあらゆる種類の武器や防具や弾薬が並べられている。加えて、勲章やトロフィーも。このゲームのマニアにとっては垂涎《すいぜん》ものだろう。その倉庫の一角に大型のテーブルが据え置かれ、チームのメンバーたちはそれを取り囲んで思い思いにくつろいでいた。彼らが座っているのは、椅子ではない。武器輸送用の木箱である。向こう側には、巨大な兵器が鎮座している。具体的な型番や名称については省略するが、ステルス戦闘機、戦車、装甲車、通信車、輸送ヘリ、潜水艇、地上・対空レーダー装置、対戦車誘導弾に、地対空ミサイルまで取り揃えてある。これには闇の武器商人もびっくり。

さて、自分を含め、傭兵部隊チーム：ゼータのメンバー六人全員がこの場に集まった。まず、開いたシャッターの脇でニヤニヤしながらこちらを眺めているのが、ドム。カジノエリアでも会った、高身長のスキンヘッド。いや、本当はどんな姿であるか知らないが。

このメンバーの中では最も古い付き合い。僕の相棒のような存在。ならば、彼が副リーダーかと問われれば、それは承服しかねる。付き合いが長いからこそ言えるが、まとめ役には絶対に向いていない。それでも、腕は超一流。何でもそつなくこなす一方で、最も得意とするのは白兵戦、もとい近接戦闘。遠距離武器で狙って相手を仕留めるのが基本のＦＰＳとしては、あるまじきプレイヤー。だが、このゲームでは全くの無意味ではない。稀に発生する、敵に気付かれてはならない潜入ミッションでは大活躍を見せることもあるのだ。

自称、切り込み隊長。今この瞬間も愛用のサバイバルナイフを腰に隠し、その刃が奮迅する時を今か今かと待っている。その他にも、小型の投擲用ナイフを身体中に仕込んでいるのは内緒だ。たとえナイフを取り上げたとしても、彼は一級の強さを誇る。軍隊格闘術を修めているため、徒手空拳の喧嘩でもチーム随一。ゲーム内では『軍曹』の通り名で知られている。

普段は右手に短機関銃《サブマシンガン》、左手に散弾銃《ショットガン》という謎のスタイルを確立している。つまり、高精度な狙い撃ち《エイム》は他のメンバーに任せきりというわけだ。良くも悪くも完全なる近距離戦闘型。たまに調子に乗ってポカをやらかすこともあるが、それ以上に突然寝落ちしてミッションを途中離脱するのは勘弁してほしい。

二つ並べた木箱の上にどっしりと腰を下ろして足を組んでいるのが、アース。筋骨隆々のアバターが多いこのゲームにおいてもひときわ目を引く、大柄な体躯。身長2メートル超のボディビルダーのような大男をアバターに設定して、本当に操作しづらくないのか。毎度疑問に思っていたが、顔を合わせるうちに慣れてしまった。今は自身の武器がチューニングされているところを、じっくり見守っている。

自信家で豪快な口調とは裏腹に、実は繊細である。とりわけ自分の背後に誰かが立つことを極端に嫌う。他にも、俺には世界で一番嫌いなものがあると日頃から豪語しているが、それが何かは教えてくれない。ただ、その存在がこのゲームを選択した一因でもあるらしい。

チームでの役割は決戦兵器。お気に入りの巨大な得物を両手で構え、一撃で前方の敵を瞬時に蒸発させる様は、まさに『破壊神』の異名通り。一個人が保有するに相応しくないまでの最大火力は、もはや兵器と言って差し支えないだろう。第三者がどのように観測しても、それは指向性エネルギー兵器、もとい極太レーザービームである。とはいえ、それを撃てるのは一ミッションに一発が限度。普段はモードチェンジして、大口径の弾丸やロケット弾や擲弾《グレネード》を発射している。

彼もまた正確に狙い撃つのではなく、火力で敵を一掃するスタイル。ドムのように近距離ではなく中距離戦闘型。割と喧嘩っ早いので、もっとメンバーと仲良くしてほしい。チーム内で揉め事が発生した時には、十中八九アースが絡んでいる。

　チームの輪から外れてそっぽを向きながら操縦器《リモコン》を操作しているのが、ソリード。アバターの身体的特徴はこれといってない。ごくごく普通の強そうな白人。戦闘機、戦車、潜水艇、彼に操縦できない乗り物《マシン》はない。もっとも、ゲーム内での話だ。そのコントロールこそ、専門のパイロットと比較しては多少見劣りするが、機械《マシン》の如き精密な動作には定評がある。故に、二つ名は『サイボーグ』。だからといって、アバターの中に誰もいないわけではない。現実世界に存在する人間の一人なのは確かである。確かであるのだが、如何せん無口が過ぎる。基本的に「うっす」という定型句しか言ってくれない。仮想世界でも人との会話が苦手なのか、ただ面倒なだけなのか。その様子もまた、二つ名を後押しする一因となっている。

　特技は精密射撃の遠距離戦闘型。前述の高精度な動きを活かして、常に頭部への即死攻撃《ヘッドショット》を狙う。愛用武器は自動小銃《アサルトライフル》、もしくは長距離狙撃銃《スナイパーライフル》。ソリードに一度でも狙われたら、絶対に逃げられない。次の瞬間には頭部を撃ち抜かれていることだろう。自動照準なしで瞬間四連続ヘッドショット成功の非公式記録を持つ。その正確性もさることながら、何事にも一切微動だにしない身体も驚異的である。人間がアバターを操作する上では、その場に直立しているだけでも、微小な動きが反映されてしまうのは仕方のないこと。しかし、彼は違う。一定の姿勢を保ったまま、全く動かないのだ。まさにサイボーグ。何か特殊な訓練でも受けているのか。もしかすると、現実世界における本職もスナイパーなのかもしれない。あとはチームの仲間と打ち解けてくれれば完璧。仲は悪くない。良くも悪くも過干渉しないだけ。ちなみに、最近はドローンの操縦にお熱である。

マイ工房を展開して巨大な武器をいじくり回しているのが、ゴルド。未来的なサングラスが目印。このゲームでは重要項目の一つである、ウェポンのチューニングを専門とする。故に、サングラスを掛けているにもかかわらず、愛称は『プロフェッサー』。それでも特に人の心は読めないし、当たり前だが目からビームも出さない。

彼を一言で説明するならば、チームの頭脳。武器のチューニングのみならず、敵勢力の分析、作戦や最適ルートの提案、ゲームや世界に関する詳細情報の記憶、ロックされた扉の解錠など、あらゆる専門分野に精通している。唯一、乗り物の操縦を除いて。平たく言えば、ゴルドはほぼ全ての乗り物が苦手である。理由は、単純に酔うから。そう、この仮想世界では乗り物に乗っている感覚でさえも、現実と遜色なくリアルに表現されるのだ。ならば乗り物酔いもやむを得ない。ただ、口では嫌だと言いながらも渋々乗ってくれる。その際、視覚および姿勢情報は遮断しているらしい。

口癖は「うん」。何かを考えている時でさえも、常にうんうん唸っている。チームの輪を乱すことは避ける、穏やかな性格。さらには人当たりも良い知識人なのだから、彼が代わりにリーダーでも申し分ない。ゴルド自身は現状に満足していると言っているが。

さまざまな武器の調律や改造を得意とするだけあって、自分自身のメインウェポンは改造型対物狙撃銃《アンチマテリアルライフル》。独自のチューニングにより改良が施されたのは、その飛距離ではなく、目を見張るほどの貫通力。十二・七ミリ口径の特殊な弾丸が放つ一発は、物理防壁を貫通した上で、重戦車の厚い装甲すら軽々ぶち破る。乗り物に対する積年の恨みでも詰まったかのような、脅威の一撃。それだけでも恐ろしいというのに、対戦相手の恐怖をさらに加速させるのが、その目である。つまり、サングラスは伊達ではない。ボス級の敵機体やロボット兵器の弱点スポットを解析するのみならず、超音波反響定位《エコーロケーション》や赤外線熱感知《サーモグラフィー》を応用して、壁くらいの薄い障害物ならば透視してくるのだ。貫通に透視とは、鬼に金棒と同義。あとは乗り物に乗れて、事あるごとに武器に夢中になり過ぎなければパーフェクト超人。

武器の入った木箱を抱えて忙しなく動いているのが、アラヤ。アバター名からも推測できるように、東洋系の風貌。その中の人間もきっと、東洋人なのだろう。また、このゲームの特色として歴戦の猛者のような顔をしているプレイヤーが多いのだが、どういうわけか彼は顔立ちが若い。そのため他のプレイヤーから舐められがちであるものの、腕は確かであると僕が保証する。

チームにおいては加入して数カ月の最若手。別名は、まだ無い。立ち位置は何でも屋というか、サポート全般。どう足掻いても新人なので、あらゆる雑務が回ってきてしまうのは避けられない。それでも憧れのチーム：ゼータに加入できたことを誇りにしているそうだ。現実世界では誰にも自慢できないが。と言うより、口が裂けても言えない。

基本装備はショットガンとライフル。それと、各種サポートアイテムに、応急処置キット。誰かが負傷した際には「衛生兵！」と呼び出される。その他に任されるのは、支援・援護射撃、敵撃破《エネミークリア》後の始末確認、作戦立案中の周辺警戒、単純なブービートラップの解除、ウェポン・弾薬・アイテムなどの荷物持ち、任務達成祝賀会の場所予約。これも全て、誰もが新人時代に通った道である。新たなメンバーがチームに加入するまで我慢してもらうしかないのだ。

文句を言うほどのことではないが、未だにチームに慣れ切っていない。どこかよそよそしく、自分の意見を発言することも滅多にない。気を抜くと言葉遣いが敬語になることも。仲間内で敬語は不要だというのに。

そして、この一癖も二癖もあるメンバーをまとめるリーダーが、僕。アバター名はビオ。過去を知るプレイヤーには『マスター』と呼ばれることもある。ただ、それも所詮は過去の栄光。今現在は一傭兵部隊のリーダーである。

アバターの外見は、他のメンバーにも劣らぬ筋肉の鎧を纏った成人男性。無駄に美形で、アースほどではないが高身長。アクション映画の俳優さながら。性格は慎重派。好きな動物は猫。

武器は用途に応じて何でも使うが、ヘッドショットを狙う時には銃身が短めのアサルトライフル、基本はマグナム弾のショットガン。通常よりも火薬量を増やしたマグナム弾は、現実世界では拳銃やライフルに使用されるのが一般的である。メリットの薄さから普及していないだけで、ショットガンでも使われることはあるが。しかし、ここは仮想世界の中。この世界では十分に「あり」なのだ。常識に囚われてはいけない。

以上で、合計六人の愉快な最強傭兵部隊である。本当に愉快かどうかは、その人間の感じ方次第だろう。

「おい、ドム。あのあと、やらかしたな?」

「さぁ、なんのことやら」

ドムの目が泳ぐ。つまり、やらかしたのだ。

突然、アースが声を荒らげる。

「俺の後ろに立つな!」

「ひっ⁉」

驚いたアラヤが、運んでいた木箱を思わず落とす。すると、箱の中の武器が床にぶちまけられた。ヒートガン、マネーランチャー、絶対位置交換キャノン。これまた懐かしいイベント配布武器ばかり。基地の片付けか、大掃除の最中だろうか。

「落ち着け、アース。アラヤもだ。気を付けろと言っただろ」

「す、すいません！」

「そんなにかしこまらなくていい」

ここ最近のいざこざといえば、アースがアラヤに絡む形が多い。それが目下の悩み事であるが、逆に考えればそれ以上の大きな問題はなく、実に平和である。僕が積極的に干渉するほどではない。あくまで個人間の問題なのだ。いつか二人が分かり合える日が来ると、今は信じるしかない。

「うん。そうだ、リーダー。見てほしいものがある」

ゴルドが矢継ぎ早に何かを取り出す。

「最上級鉱石。高純度マグネサイト。前のミッションで拾った。うん」

「Sランク以上でもないミッションでそんな鉱石が拾えるなんて、相当ラッキーじゃないか！よかったな。早速ウェポンに組み込んだらどうだ」

「うん。実に幸運だよねぇ。どれに組み込もうか。楽しみ楽しみ」

この時点で全員がテーブルの周りに集まる。一人を除いて。

「おい、ソリード。話を始めるぞ。今すぐ着陸態勢に入れ」

「……うっす」

相変わらず無口のまま、ソリードは謎の飛行物体《ドローン》を緊急着陸させる。こうして全員の視線が集中する。僕の発表を心待ちにしている。つまり、次の仕事内容を。ここで一つ深呼吸。決して緊張はしていない。こんなことは慣れっこだが、今回ばかりは勝手が違う。

「全員注目。これまで皆とは数々の困難な任務を完遂させてきた。表も裏も含めて、我々はANOTHER最強の傭兵部隊だ。自負していい。それを踏まえた上で、最初に言っておく。ビビってログアウトするなよ」

ゴクリ。誰かが生唾を飲む音が響く。そんな微小音でさえ、高性能マイクは拾ってしまうのだ。

「覚悟はいいな。次のミッションは……これだ！」

合図と同時に、突如テーブル上にホログラムが出現する。今回の依頼内容とターゲットだ。徐々に色彩を帯びていく。いくつか出現した物体のうち、一つを選択して拡大。それは誰もが見知ったロゴの入った、とある施設の立体図。示し合わせたわけではないが、その場の全員が顔を見合わせた。

「は？」

「マジか」

「うっ……」

「うーん？」

「げえええっ！」

各々の反応から、今回のターゲットを完全に理解したのだと判断した。言葉を続ける。

「そうだ。前代未聞の大仕事だ。ターゲットは世界第二位のネットワーク企業、GGG社《トリプルジー》。ここに侵入《ハッキング》する！」

◇

最初はただの純粋な善意だった。ゲームのプレイヤー人口は増え続けるが、それとは対照的に労働人口は年々減少していく。ならば、仕事をゲーム化できないか。ゲームのプレイの操作《コントロール》と、ロボットが主体となる仕事の制御《コントロール》を、連携させることはできないか。そこで、ある男が目を付けたのは創世機構《ジェネシステム》、相互環境自動変換システムだった。本来の用途は、種類の異なる二つのゲームの環境を合わせて、自動で即時連携させる対戦用システム。それをあろうことか、ゲームと仕事の環境を合わせたのだ。その結果は、ご存じの通り上々である。システムの基盤は、すでに完璧なまでに出来上がっていたのだから。全ては発想の勝利。以上を発端として、ゲームを遊ぶだけでお金が貰える夢の時代の幕開けとなった。その後、男はベンチャー企業を立ち上げ、順調にサービスを拡大し、ＡＮＯＴＨＥＲに買収されて今に至る。

無論、どんな仕事でも連携できるとは限らない。どれだけ科学技術が発展しようと、全ての仕事をロボットに一任できる未来はあり得ない。反逆されると危険だから、という問題ではない。絶対的に、ロボットには取って代わることのできない領域が存在するのだ。それはつまり、人間の心が介在する仕事。具体的には、患者の訴えを親身になって聴かねばならぬ医師であったり、人間の罪の重さを左右する法律家であったり、自身の想いや感性を表現するデザイナーやアーティストであったり、今までにない物を実現しようとする開発者や発明家であったり、面白い番組を作る上で欠かせない制作者やコメンテーターや批評家や芸人であったり。その他にも多数存在するが、彼らの仕事までロボットに奪われる日は、あと千年は来ないだろう。

ただし、人間の心が不要な仕事、少なくとも肉体労働関係はほとんどロボットに取って代わった。それでも完全にロボットに委任できるわけではなかった。如何なる仕事であれ、どこかで人間の指示と判断は必須なのだ。人工知能により、ロボットもある程度は自律している。しかし、人間と比類なきほどの柔軟性を、自我すら持たぬ普通の人工知能が持ち合わせているはずもない。したがって、指示や判断は適宜人間により行われ、実務はロボットにより行われるという構図が成り立っていた。その指示や判断といった制御を、ゲームの操作に置き換えたのが、ニュータイプに進化した創世機構《ジェネシステム》なのである。

ゲームのプレイで発揮される、高レベルな情報処理能力、瞬間的で正確な判断力、次なる行動の最適解を導き出す思考力、足りないものを認識・特定する空間把握能力、ステータスや行動分担をベストに振り分ける采配、仲間と共に一つの目標に向かって前進する協力関係、次はもっと上手く攻略してみせるという向上心。それらの全てが、仕事へと遺憾無く発揮されるのだ。これは第六次産業革命といっても過言ではないだろう。

特に恩恵を受けた職業としては、建築工事業、製品開発を除く製造業、事務作業全般であった。プレイヤーに専門知識は要らない。全てAIがデータベースを自動参照できる。人々はただゲームで遊べばいい。その攻略中のステージが正しく鉄筋を組み上げる作業かもしれないし、その戦っているボスが量産製品の問題を修正する過程かもしれないし、その蹴散らしている雑魚モンスターが各種情報をチェックして書類を承認する作業かもしれない。

ここまでは良かった。労働人口不足も解消され、多大なる経済効果をもたらした。人々の消費は増大し、景気も世界的に向上した。そう、ここまでは完璧なシナリオ。

さて、善意により台頭したサービスが、次に染まるのは悪意である。それと、ちょっとした好奇心。創世機構《ジェネシステム》の新たなる機能に感銘を受けたそのハッカーは、あろうことかゲームとハッキングを連携させ、セキュリティシステムを突破できないかと考えた。それが悪魔の発想であった。

やはり結果は上々。完成されたシステムの基盤に加え、似たような先行事例の成功まであったのだから。

この日を境に、世界中で創世機構《ジェネシステム》の違法ツールが蔓延した。ツール名は『オール・ハッカー』。文字通り、誰でも簡単にゲーム感覚でハッキングが可能となるのだ。仕事で鍛えた歴戦のゲーマーを前に、並のセキュリティソフトでは歯が立たない。あらゆる個人情報や機密情報が、洪水の如く電子の海へと流出した。本当に悪いのは違法ツールであり、悪用したユーザーたちである。それでも、創世機構《ジェネシステム》は二十一世紀最悪の発明と称された。これが人類史上最大級の世界同時サイバーテロ、後の第一次世界サイバー大戦の口火である。

◇

「どうだ、驚いたか。いや、これで驚かない奴はいないだろうな。というわけで、この依頼はまだ受領していない。何しろ、相手はあのネットワーク企業のGGG《トリプルジー》社だ。世界屈指の情報技術の専門家《スペシャリスト》が集う会社の中庭に侵入しようなど、愚かな行為でしかない。たとえ世界は広しといえども、そんな馬鹿はどこにもいないだろう。ここにしか。つまり、このミッション……受けようと思う」

怒涛の衝撃的な展開に、誰もが固まる。今、何と言った。受ける、と言ったのか。もしや聞き間違いか。そんな心の声まで手に取るように聞こえてくる。

「もう一度だけ言う。僕はこの依頼を受けようと思う。皆も今一度よく考えて、参加の是非を決めてほしい。もちろん、無理強いはしない。降りたければ、この場で降りればいい。その決断を責めもしないし、引き留めることもない。さすがに今回ばかりは、確実にミッションを成功できるという保証もないからな」

束の間の沈黙。そして、最初に口を開いたのは、ドムだった。

「全く、なーに言ってんだ。冗談キツイぜ。俺は……いや、俺が降りるはずないだろ。そうじゃない。全然違う。むしろ……お願いだ。お願いだから、やらせてくれ！　こんなのを……こんな仕事を待ってたんだよ！　なぁ、皆そうだろ！」

「はっ……当ったり前だろぉ！　なんて馬鹿げた任務だ！　俺は受けて立つぜ！」

「……っしゃあ！」

「うんうん。素晴らしい。実に楽しみだね。腕が鳴るねぇ！」

「や、ややや、やったるわあああぁ！」

メンバーが次々と叫ぶ。歓喜する。興奮が襲う。握り拳を掲げる。絶叫の嵐がこの世界に轟く。まるで、獲物に飢えた獣のように。

「分かった。分かったから、一旦落ち着け。皆の覚悟は伝わった。もし成功すれば、これは仮想世界史に残る大偉業だ。もとい、大悪行か。とにかく、勇気ある選択をしたメンバー全員に敬意を表する。お前ら……信じてたぞ」

「へっ、そう言われると何だか照れくせぇな」

「おい、ドム。口を閉じてろ。まだ話の途中だ。いいか、勇敢と言われれば聞こえはいいが、その実態は無謀と紙一重だ。ならば、その挑戦を無謀ではなく、勇敢とするために必要なことは何か。それは入念な準備だ。作戦決行は四日後の日曜日、標準時〇三〇〇。各自、それまでにあらゆる事態を想定して、よく仕込んでおけ。分かったな！」

「了解！」

リーダーの呼び掛けに、全員が口を揃える。一人を除いて。いや、彼もまた了承していることは明白である。やっと傭兵集団らしくなってきた。

「以上、依頼内容にはよく目を通しておくように。それと……」

ニヤリと笑って、ビオは言い放つ。

「もっと仲間が必要だな。それも、飛びっ切りの」

Log out…

大抵の異変には前兆がある。その前兆に気付けるかどうかは、全てあなた次第。世界はすでに情報で溢れ返っているのだ。それを毎日ただ無心に貪っているだけでは駄目。気付けない。常に考えなければ。頭の中で想像しなければ。事前に異変を察知するために。当たり前な日常以上の異常に。

ある日を境に、ANOTHERに存在する数多くのゲームにおいて、ほぼ同時に上位プレイヤーがランキングから姿を消した。ゲームのジャンルを問わず、多くのプレイヤーが。何を隠そう、僕もまたその一人である。僕たちがいったい何に魅了されたか、もはや説明不要だろう。プレイヤーに足りなかったもの。本来得られるはずの現実世界《リアル》では得られず、仮想世界《ヴァーチャル》に求めた結果、満たされなかったもの。それは――「スリル」だった。

Log in…

「で、なんだ。五次大戦でも始めるのか？」

「バカ言うな。今回はとりわけデカい仕事《ヤマ》なだけだ。一個小隊クラスの最強チームを作りたい。大規模人質救出作戦。とりあえず、これを見てくれ。予想される敵の包囲網は、大体このくらい。まあ、国際的な要人救助レベルだな」

ビオが話しているのは、紹介屋のテンドウ。ゲーム大国日本において、かつてゲーム雑誌の編集長を務めていた情報通であり、今現在はさまざまなゲームの有望な人材を仮想世界で斡旋する裏稼業に勤しんでいる。彼は語気を強めて言った。

「お前こそ、バカ言え。『インポッシブル』のエンドコンテンツ『大統領救出任務』を大幅に超えてるじゃねぇか。なんだ、この敵総合戦力の数値は。一周回って低いぞ。オーバーフローしてやがる……」

「ほしい人材は壁破り、近距離迎撃、遠距離迎撃、通信妨害、パス解除、輸送遊撃、それぞれ一、二チームずつ。今日、明日中には一通り主要メンバーを確定したい」

「おい、聞いてなかったのか。無茶を言うんじゃない。何を仕出かすかは知らんが、これだけは言っておく。やめておけ。いいか。人生を左右するほど重大な決断を下した奴は、例に漏れず大抵後悔するんだ。それを知っていれば、俺だってかみさんと結婚してなかったさ」

「それで、できるのか？　できないのか？」

「そりゃあ……できるに決まってるだろう。いや、俺が駄目なら誰ができる。そんな奴がいたら、むしろ紹介してほしいくらいだ。ったく……時間がないんだろ。ほら、さっさと行くぞ」

テンドウが何もない空間に右手を掲げると、転移ゲートが出現する。ハイランクユーザーのみに使用が許された、携帯型移動手段の一つである。

「分かっていると思うが、飛びっ切りの人材を頼む」

「あぁ、飛びっ切りヤバイ奴らだ」

◇

創世機構《ジェネシステム》の第六十三遊戯領域。遊戯領域とは、異種ゲーム間の対戦を統括する場所である。今日もランクを上げるために、素性も知らぬ対戦相手を求め、歴戦の猛者たちが集う。ランクを上げなければ、次なる上のステージには進めないのだ。この領域自体は全六十四のエリアに分割されており、冠する数字が小さくなるにしたがって、参戦可能なプレイヤーのランクが上がっていく。つまり、この第六十三遊戯領域は、最低ランクのプレイヤーが集まる場所である。表向きは。

逆に言えば、表舞台のランキングから姿を消したプレイヤーの巣窟でもある。初心者には厳しい無法地帯。付いたあだ名が『スコア＝ゼロ』。プレイヤーランクを上げるために必要となる得点《スコア》の付かない、初心者向けお試し対戦《トライアル・バトル》を愛好する変人集団の住み処。しかし、賭け金のレートや賭けアイテムのレア度は、表の比ではない。ファイトマネーも然り。

一見すると違法のようだが、その実態はグレーゾーン。摘発対象となるのは非合法な賭博行為のみ。そこのプレイヤーたちはあくまで、チュートリアルの一環としてお試し対戦をしているだけなのだ。賭けられたマネーやアイテムは巧妙に隠されてトレードや譲渡される。違法認定も検挙も不可能ならば、アカウント凍結の対象にはならない。言い換えれば、ＡＮＯＴＨＥＲの運営にも水面下で黙認されている。実害を及ぼさない限りは。


そんな仮想世界のスラム街のような場所に、ビオはいた。そのままテンドウに連れられて、関係者以外立ち入り禁止のモニタールームに入る。今現在実施されている全ての対戦を、ここから観戦することができるのだ。

「まずは……モニター8を見てくれ。どうだ?」

「どうって……棒じゃないか」

ビオの言う通り、それは棒であった。正確には棒のアバター。創世機構《ジェネシステム》でゲームをプレイするためには、ＡＮＯＴＨＥＲの登録が必須。故に、強制的にアバターの登録が義務化される。純粋にゲームだけが目的のユーザーにとっては、アバターなんぞどうでもいいのだ。たとえ一本の棒であっても。

「まぁ、人間だろうが棒だろうが、それは問わない。問題は腕だ。で、何者なんだ？」

「こいつはブロック崩しの天才。名前はノイド。沈着冷静な頭脳型プレイヤーで、優れた洞察力から相手の隙を見出し、そこから一挙に切り崩すスタイル。このゲーム一筋で、仲間も多い。ただ、やんごとなき事情で表舞台には居られなくなり、数カ月前にスコア＝ゼロへ流れ着いた」

「いったいどんな事情だ？」

「そりゃあ、人には言えない事情だろうな。余計な詮索はやめておけ」

「聞いてみただけだ。ブロック崩し……うん、壁破りには打って付けだな。連絡は取れるか？」

「ちょうど今、対戦が終了したところだ。呼び出してみよう」

テンドウが席を外して、端末で通話を試みる。その間、モニターに流れる対戦のハイライトシーンを観賞する。右にブロック崩し、左に格闘ゲームの映像が並んでいる。まずは右の映像に注目。なるほど。ボールが無数にあるとはいえ、三つのボールを同時に一つのブロックへ当てなければ、それを破壊できない仕様なのか。画面の下側で左右に動くバーを操作して、ボールの反射角度と速度を綿密にコントロールしている。正確無比な動きと、数百手も先を見据えたタイミングの調整。アイテム使用制限付きというハンデを負いながらも、一級の格闘ゲーマーを圧倒している。いや、左の格闘ゲームの映像で仮想敵として具現化した棒人間は、最初は防戦一方だった。それが、挑戦者はいつの間にかペースを握られ、気付いた時にはコンボを決められ、体力ゲージを八割以上残しての完全勝利。ここまでの力量差を見せ付けるとは。テンドウの見立ては間違っていない。十分な腕だろう。

「おい、ビオ。繋がったぞ」

呼び掛けに振り向くと、そこにはホログラムで浮かび上がった一人のアバター、もとい一本の棒。そのアバターに口は無い。だが、そんなことはこの世界で関係ない。対話の相手は中の人間なのだから。

「テンドウから聞いていると思うが、僕はビオという者だ」

「私はノイド。忙しいため手短にお願いします」

「一分で済む。複数人のチームを組んで、一緒に仕事をしてほしい。最大級の危険は伴うが、相応の対価は払う」

「具体的な内容は？」

「詳細については、参加表明後にしか説明できない。ただ、これだけは言える」

一呼吸おいて、ビオは言葉を紡ぐ。

「どうしても破りたい壁がある」

「形さえあるのならば、私に破壊できない物体はありません。参加を表明します」

「ありがとう。詳しい内容は、また後ほど連絡する。連絡手段についてはテンドウから届く。

では」

「了承です。よろしくお願いします。ぴったり一分」

以上をもって、通話が終了した。

「まずは一人」

「順調だな」

「テンドウの見立てのお陰だよ」

「まあな。だが、煽《おだ》てても何も出ないぞ。よっしゃ、次に行くぞ！」

「何も出ないとは」

「いいから。今度は格ゲー繋がりでモニター19。裏の大会を牛耳る、総合格闘ゲーム団体を立ち上げた実力者。名前はトリート。格闘ゲーム『鋼拳《こうけん》』の元チャンピオン。ゲーム内だけならまだよかったが、現実世界でも相手をボコボコにしてチャンピオンを剥奪された。最近は大人しくしているが、仲間内で腕を磨き続けているそうだ」

「それは現実世界《リアル》と仮想世界《ヴァーチャル》、どっちの話だ？」

「まぁ、どっちもだろうな」

「そいつは心強い。格闘ゲームなら近距離迎撃が適任だろう。現在の実力を測れないのは少し痛いな」

「過去の映像データをあさっても、一番新しいのは……半年前か」

「直に会うことは可能か？」

「うち経由で商談の予約を入れておこう」

「頼んだ。本人が参戦できなくても、団体から良い人材を見繕ってもらえるよう、お願いしておいてくれ」

「実力は問題ないと思うんだが。何分、彼は忙しい身だ。過度な期待はしないこと」

「分かっている。これは一旦保留として、遠距離迎撃要員で当てはあるか？　できれば二チーム欲しい」

「なら、ちょうどいい奴らがいる。フライトシューティングゲームのプレイヤーなんだが……よし、今から会いに行くか」

「今からだと？　アポなしで大丈夫なのか」

「大丈夫。あいつらは今頃、兄弟喧嘩の最中さ」

◇

二人は、とあるゲームの中にいた。フライトシューティングゲーム『スター・コンバット』である。案内されたのは、チーム：ゼータの基地《ベース》にも似た倉庫。ただし、武器庫ではない。戦闘機の格納庫である。戦闘機についてはビオも一応知っているが、ここのプレイヤーからしたら門外漢もいいところだろう。そう思えるほど、多種多様で異様な改造が施された、ステルスやジェットやマルチロールが立ち並ぶ。

その格納庫に併設された一室で、戦闘機同士の対戦の様子を見守る。空を縦横無尽に飛び回るのは、全部で八機。状況から察するに、二つの編成チームが制空権を争っているようだ。どちらも一進一退。実力は拮抗している。そうか。これが兄弟喧嘩か。

「兄のエースと、弟のフォックス。二人は双子の兄弟で、それぞれ別のチームを率いている。こうして毎日、兄弟喧嘩を繰り広げているってわけさ。一般公開してないから、ここに来なけりゃ見ることもできない」

「兄弟か。確かに、連携の取れる二つのチームとして理想的。だが、本当に大丈夫なのか。その、なんだ。同じ部隊に入れて」

「毎日喧嘩する仲というのが心配なのか。むしろ、その逆だな。このゲームという、決められた枠でしか直接的な兄弟喧嘩はやらない。そう、普段は仲良し兄弟。仕事となれば、協力してきっちりこなしてくれるさ」

「ならば有り難いが」

「ちなみに、フライトシューティングゲームの経験は？」

「触りだけだ。本格的にやるには、位置ステージが対応していない。座席《シート》付きの全球型ステージが必要だろう。そして、あれは酔う」

「だよな」

暫くして、残り二機となる。その一対一の接戦を制したのは、兄のエースであった。兄弟はチームを率いて、格納庫へと帰ってくる。

「これで俺の勝ち越しだな」

「まさか俺が負け越すとは」

「よう、兄弟。元気にしてるか？」

「珍しい客だと思ったら」

「テンドウじゃないか」

「久しぶりだな」

「仕事の依頼か？」

「そうだ。まず紹介したい人間がいる。隣にいる彼は、ビオ。訳あって優秀なプレイヤーとチームを探している」

「僕はビオ。初めまして」

「こいつは弟のフォックで」

「こいつは兄のエースだ」

「二人合わせて」

「仲良し兄弟」

「どうぞよろしく」

「よろしくどうぞ」

直後、兄弟は同時に頭を下げた。

「すまん、ビオ。言ってなかったが、彼らはこういう喋り方なんだ。二人で一セット」

「分かってる。大丈夫だ、テンドウ。……お察しの通り、仕事の依頼で来た。目下、最強の一個小隊を作っているところだ。そこで、最高峰の航空戦力が欲しい。四機一編成で、二チーム。詳しいことは言えないが、前代未聞の大仕事。それに相応した危険が伴う。以上を踏まえて、最強編成部隊を率いる適任のプレイヤーを、誰か知っているか？」

「そうだな。俺が知る限りは一人だけいるな」

「奇遇だな。俺も一人だけ知っているぞ」

「そしてなんと、そいつは俺の隣にいる」

「また奇遇だな。俺の隣にもいるぞ」

「まずは俺から推薦しよう。弟のフォックだ」

「次に俺からも推薦しよう。兄のエースだ」

「つまり、この仕事」

「俺たちで受ける」

「完璧な連携だ。期待しているよ。仕事の内容については、時間を調整してまた後ほど連絡する。連絡方法については……」

「テンドウから」

「聞いておこう」

「大丈夫そうだな。じゃあ、また会おう」

ビオとテンドウの二人は格納庫から出て、ゲームを後にした。

◇

「空いていたとはいえ、ちょっと早過ぎないか」

「正直言ってこれには俺も予想外だ」

「文面に変なことを書いてないだろうな」

「別に普通の内容だと思ったが……」

ビオとテンドウは、巨大なテントの中にいた。そして、二人の眼前には巨大なリング。リングといえども、輪っかではない。指輪でもないし、ホラー映画でもない。ボクシングやプロレスを始めとする、格闘技で使用されるリング。そう、二人は格闘ゲームの中にいた。

ならば、その理由も明白。トリートに招待されたのだ。暫くして、ビオにも劣らぬ筋肉の鎧を身に纏った、浅黒い大男が登場する。なんと、アースよりもデカい。恐らくその中の人間もまた同様なのだろう。真っ白な歯を見せて、爽やかな笑顔と共に口を開く。

「ご足労を感謝する。私がここのオーナー兼、総合格闘ゲーム団体代表のトリートだ」

「テンドウより紹介して頂きました。ビオと申します」

「貴方がビオ。なるほど。お噂はかねがね」

「それは良い噂ならば良いのですが……」

「そんなに硬くならず、もっと砕けて話していい」

決して威圧されたわけではない。しかし、その様相と佇まいから、思わず敬語になってしまった。今は僕の方が客人なのだ。

「では、お言葉に甘えて……今日は仕事の依頼で来た。内容はテンドウから連絡があった通り」

「どうやら、最強の部隊を作っていると」

「如何にも。その理由は、参加を決めてくれるまで明かせない。ただ、これだけは断言しよう。二十一世紀最強の仮想戦闘部隊を編成しているところだ」

「その部隊は、本当に最強なのか？」

この時点で、ビオは全てを察した。忙しいはずの相手と、どうして急に面会できたのか。トリートト自らが会いたいと言って二人を招待したのか。これも全て、テンドウが送った文面が関係していたのだ。そして、彼が未だ衰えていないことも同時に確信した。

「いや、まだ最強じゃない。だが、最強となる予定だ」

「それはつまり、どういう意味かな」

「即ち……トリート、貴方が参加して初めて、我々は最強の部隊となる」

そう、彼が反応したのは、「最強」というワード。そこは腐っても元チャンピオン。ましてや力不足によりその座から引き摺り降ろされたわけでもない。未だに自分自身が最強であると自負しているのだ。最強でなければ気が済まないのである。この人物像から判断するに、立ち上げた格闘ゲーム団体でも実力で頂点に君臨していることは明らか。トリートにとっては、そんな自分を差しおいて最強の部隊を作っているなどもっての外。片腹痛い。よって、その枠が全く別のプレイヤーで埋まる前にコンタクトを取ってきたのだ。

「おいおい、私をけしかけているのか。実に気に入った。その挑発に乗ってやろう。この私が、チームを率いて参加する。その任務がどれだけの危険を孕んでいようとも。これでいいかな」

「完璧だ。全く問題ない。これで最強部隊への道が開けた。感謝する」

「それで、チームは何人必要だ？　私が直に見繕おう」

「そうだな。合計八人で頼む。今回はただの戦闘ではない。特定のエリアを死守しながら戦ってもらうことになる」

「つまり、散開して敵を各個撃破すると。ならば、八人で了承した。私と、残り七人」

「詳細については追って連絡する。個人的な連絡は可能か？」

「私の連絡先を送っておこう」

トリートの端末からビオの端末へと情報が伝達される。こうして、無事に商談は成立した。

「そうだ。最後に一つ。僕は貴方の実力を実際に見たことがない。一度、拝見したいのだが」

「いいだろう。しかと見ておきたまえ」

彼が合図すると、巨大なリングに仮想の対戦相手が出現する。確実に高レベルのNPCだろう。

全部で十人。トリートはゆっくりとリングに上がり、その中央に立つ。直後、どこからともなくゴングの音が響く。

「はあっ！」

一斉にNPCが襲い掛かったかと思えば、次の瞬間には全員が吹き飛んだ。そう、文字通り吹き飛んだのだ。その間、三秒とかかっていない。加えて、足技は使っていなかった。使用した技は一つ。パンチのみである。大柄な体躯からは予想も付かぬ俊敏性。最強を自負していることも納得である。

「全盛期の私は、一秒間に十連打のパンチを放てた。それは未だに健在だ。どうだい。試験には合格か？」

「あぁ、文句なしだよ」

◇

さて、ビオたちは最初のモニタールームに戻ってきた。残る役割は、三つ。テンドウは端末を操作しながら悩ましげに言った。

「あとは……今ここにはいないが、通信妨害担当で音ゲーマーを何人か推したい。彼らのゲームはチーム戦じゃなくて、個人競技だからな。一つのチームに相当する人数を掻き集めなければならない。そして、これが各個人のデータだ。バーディー、タイコ、ライブ、アニマ……俺の方から話は通しておく。参加を表明したら、ビオの連絡先を教える。これで問題ないか？」

「音楽ゲームか。プレイの経験はないが……実力が把握できる映像や情報も一緒に欲しい。誰がチームのリーダー格として適任か、見極める必要があるからな」

「優秀な音ゲーマーをお探しかな？」

二人の目の前には、黒いハットを被り、黒いスーツに身を包んだ一人の男。とても小柄である。直前までとりわけ大柄な人間を見ていたため、その小ささが一層際立っている。

「確かに探しているが……」

「レヴォ！　どうしてお前がここにいるんだ！」

突然、テンドウは怒気の籠もった口調で声を荒らげる。どうやら訳ありのようだ。

「そりゃあ、ここがマイホームだからさ。申し遅れました。私はこういう者です」

レヴォと呼ばれた男は、ビオと握手を交わす。すると、第二次公開範囲までお互いのプロフィールが交換される。なるほど。相当な実力者だ。しかし、突然の握手とは悪手である。中にはプロフィール交換を良しとしないプレイヤーも、少なからず存在するのだ。特にこういった裏社会の界隈では。ただ、自分自身を売り込もうという気概は評価しておこう。

「過去の戦績を参照しても、実力は申し分ない。テンドウ、何が問題なんだ？」

「こいつは以前、創世機構《ジェネシステム》の表から堂々とハッキングをかましたことがある。それで一度捕まって以来、運営には徹底的にマークされている。はずなんだが……」

「大丈夫。アカウントは完全に生まれ変わったから。もう、あんなヘマはしない。どうだ。見てくれ」

突然、何の前触れもなくレヴォは踊りだす。実にキレのある動き。

「それともう一つ。こいつを薦められない理由として、ジャンルの扱いにくさがある。こいつがプレイしているのは、音ゲーといっても……ダンスゲームだ。あと、極度の目立ちたがり屋のため、性格に難あり。故に、うちでは扱っていない人材だ」

「だが、自ら売り込みに来たことを踏まえて、実力は折り紙つきなんだろう？　それに、リスクも恐れない。なら問題ない。採用だ」

「御贔屓《ごひいき》ありがとうございます」

「どうなっても知らんぞ。レヴォ、詳細はあとで俺から連絡する」

「了解いたしました。では、また次回」

レヴォはニヤリと不敵な笑みを浮かべ、ムーンウォークでその場から去っていく。確かに、性格には難があるかもしれないが、それには慣れっこである。日頃からもっと癖の強いメンバーを纏め上げているのだから。

「さあ、残りはパス解除と、輸送遊撃か。順当な采配で行くならば、パズルゲームとレースゲームか……」

「同じことを考えていた。それで問題ない」

「パズルゲームもまた個人競技。何人欲しい？」

「そうだな。峠は三つ。ならば、メイン三人と、サブ一人。合計四人」

「了解した。これも話を通しておく。そうだな。パズルで四人……トリス、フヨ、ボルブ、ドク。この辺りがベストメンバーか。個人データは送っておいた」

「ありがとう。最後に、輸送と遊撃の兼任部隊だが」

「そう、一番の問題はレースゲームだ。あいつは最近ログインしてないし、あいつは別のゲームに転向したし、あいつは突然蒸発したからひょっとして捕まったかもしれないな。他には……」

「レースゲームなら、一人だけ心当たりがある。僕の方でそいつを直に当たってみるよ。芋づる式にメンバーも集まるかもしれない」

「分かった。これで一通りの面子は揃いそうだな。また何かあったら連絡してくれ」

「色々と助かった。感謝するよ」

「俺とお前の仲じゃないか」

「今度一杯どうだ？」

「仮想の酒場じゃ酔えやしないよ。それに……酒はかみさんに止められてんだ」

Log out…

その日、盛大にドアを叩く音で目が覚めた。いったい、誰だろうか。チャイムを鳴らしてくればいいのに。そう考えて気付く。五月蝿《うるさ》いからチャイムは切ってしまったのだ。携帯端末から外のカメラ映像を確認すると、そこには懐かしい顔が。こんな高度情報化社会なのに、わざわざ身体一つで会いに来てくれたのか。そう考えて気付く。面倒だからネット環境は全てオフラインにしていたのだ。つまり、わざわざ部屋を訪ねる以外の連絡手段が皆無だった。着替えもせずに玄関へ赴き、旧友を出迎える。

「おぉ、マリオ。おはよう。久しぶりだな」

「いや、もう昼だよ！　死んでるんじゃないかと心配したぞ！」

「まあまあ、上がって上がって」

あらゆるものが散乱して酷いありさまであるが、気にせず部屋の中へ招く。その酷さはマリオの部屋など比べ物にならない。

「いつ以来だ？　大学卒業後は何回会ったっけ？」

「これで三回目。お前が会社を辞めてからは初めてだ。そして、残念ながら今日は世間話をしに来たんじゃない」

「そっか、そりゃ残念。なら、用件は？」

「もし、まだ鈍っていなければ……お前の腕を買いたい」

目を閉じて少し考え込んだあと、相手は言葉を紡ぐ。

「わざわざ会いに来るほどの……俺レベルでなきゃ務まらない仕事……。ふむふむ、大体把握した。鈍ってないかは確かめてみろ。それで、必要なのは輸送か？　それとも遊撃か？」

「その両方だ」

マリオは思った。生活態度とは裏腹に、思考力は落ちぶれていないようだ。

「そうだな。じゃあ、昔みたく一勝負といこうぜ」

「望むところだ」

二人は奥の部屋へと移動する。直後、マリオの目に飛び込んできたのは――。

「お前、こんなものを自作していたのか……。道理で引きこもっているわけだ」

「どうだ。俺専用の操縦席。改造しすぎて、コントローラの原型を留めてないがな。ほら、中を見ろよ。クールだろ？　宇宙船のコックピットさながら。まだまだ改造中だが、試運転にはちょうど良い。あっ、マリオは普通のコントローラな？」

なるほど。ここまでゲームに入れ込んでいるならば、腕も鈍っていないだろう。レースゲームに多少の自信があるマリオですら……勝負に勝てる未来が見えなかった。

Log in…

作戦決行当日。標準時〇二五〇、ニューアメリカ時刻換算で〇六五〇。ＡＮＯＴＨＥＲの大人数パーティー向けプライベートルームに、創世機構《ジェネシステム》の同時出撃上限人数である四十人のハイランクユーザーが集結した。その誰もが屈強な猛者である。少なくとも、この仮想世界においては。また、そのようなメンバーを集めてこれから始めることが、パーティーであるわけがなかった。無論、屋内ＢＢＱでもない。

彼らの前に一人のアバターが立つ。我らがチームのリーダー、ビオである。

「さて、作戦開始を十分後に控えた今、言うことでもないが……改めて名乗ろう。本ミッションの統括リーダーを務めるビオだ。いや、拍手はいい。すでに話した通り、今回のターゲットは強大である。そこの二人、手を挙げるな。兄弟とは言ってない。強大と言ったんだ。ターゲットは超やり手のＣＥＯ、ドン・キホーテ・ラ・マ・コング率いるＧＧＧ社《トリプルジー》。その中枢で匿われている第一級ＡＩの奪還だ。創世機構《ジェネシステム》を介したこれほどの大規模作戦は前代未聞である。正直に言って、厳しい戦いになると予想される。もしかしたら脱落者が出るかもしれない。もちろん、成功の暁には全員に相応の報酬が約束されている。だが、そうじゃない。我々が今日、ここに立っている理由はなんだ。それは、自分自身を歴史に刻み付けるためだ！　この場にいる多くの者が、何らかの理由で表舞台から姿を消したプレイヤーたちだ。そんな理不尽に世間から消し去られた我々の真なる実力を！　世界へ知らしめるために今日は集まった！　語弊があるかもしれないが、敢《あ》えて言おう。今日これから起こることは！　仮想世界史上、誰一人としてなし得なかった歴史的偉業であると！　二十一世紀最もイカした最強のゲームプレイヤーは、我々であると！　声高に叫べ！　名は残らずとも快挙は語り継がれる！　スリルと感動の先に勝利を掴め！　全員、己がゲームに突入！」

　溢れんばかりの大歓声と共に、メンバーは次々とゲームへの行軍を開始《スタート》する。ここまで来た以上、失敗《ゲームオーバー》は許されない。一度やられてしまったら、復活《コンティニュー》もできない。それでも、必ず完遂《コンプリート》してみせる。ビオはアイテムのお守りをぐっと握り締める。

「チーム：ゼータ！　行くぞ！」

「ひゅう！　待ってました！」

「っしゃあ！　俺の主砲が火を噴くぜ！」

「……うっす！」

「うん。新ウェポンのお披露目が楽しみだねぇ！」

「うおおおぉ！」
六人は、『インポッシブル・ミッションズ』のスタート画面へ飛び込んだ。

Log out…

ニューアメリカの首都に本社を構えるGGG社《トリプルジー》。そのセキュリティ本部。今日もまた、電脳世界に蔓延する悪意から会社を保護している。この本部の優秀さは他社の比ではない。さすがは世界第二位のネットワーク企業。過去四度にわたる世界サイバー大戦の歴史を振り返っても、極めて優れていると言わざるを得ない。これまでに一度として、ネットワークを介した機密情報の流出を許したことはないのだ。故に、作戦開始からわずか五秒後に、異常事態に気付く。その想定される最悪の危険レベルを正確に弾き出し、検知から一分と経たずに会社のトップへ伝達される。

今日は日曜日。つまり、世間一般の認識に則れば、休みの日である。この会社においても例外ではない。一年365日の常駐が必須な管理サービスを除けば、通常の社員は出社していなかった。しかしどういうわけか。休日の早朝であるにもかかわらず、彼は社長室にいた。社長兼CEOのコングである。部屋に設《しつら》えた、見るからに高級そうな黒光りしたエグゼクティブチェアに腰を下ろし、ブランデーと葉巻を片手に書類に目を落としていた。まるで絵に描いたかのような偉い人。壁には彼の尊敬する人物の肖像写真が、金の額縁を添えられてずらりと並ぶ。陽光の差し込む広い部屋には、ブランド物のソファに、最高級家具。最先端の映像通信電子機器から、ホログラムの観葉植物まである。彼の背後の壁は一面強化ガラス張りとなっており、人々が住まう現実世界を見下ろすことができる。まるで神の如く。

その神の庭に侵入を試みる無粋な輩がいた。突然、激しくアラートが鳴り響く。

「どうした」

コングは重い声で端末に問い掛ける。

「セキュリティ本部から緊急の通達です。現在、悪意のある何者かによって、ファイアウォールに攻撃を受けています。想定警戒レベルＳ」

彼は不敵に笑う。

「そうか、動きだしたか」

——いったい、現実世界のどこから情報が漏れたのかはさて置き、これを狙う輩がいることは分かっていた。その勢力が政府の手先か、闇のハッカー集団かは全く知らぬが。予想よりは早かったものの、いつかこうなることは目に見えていた。今回ばかりは物が物なのだ。表向きは第一級ＡＩ。して、その実態は第二次成長を終えたＳＡＩ《サイ》である。希少種どころの騒ぎではない。偶然にもうちの敷地内で捕獲できたから良かったものを。現在は無駄な知識を与えず幽閉し、目下新たなサービスに組み込む計画が水面下で進行中である。それを、このタイミングで奪いに来るとは。実に間が悪い。だがまあ、この程度ならばシナリオ通り。例に漏れず、最新鋭のファイアウォールに跳ね返されるのがオチだろう。万が一侵入できたところで、目的地まで到達できる道理もない。GGG社《トリプルジー》を舐めるな。

「生身では戦えないクズどもめ。そんなにこれが欲しいか。奪えるものなら奪ってみろ！　徹底的に追い詰めてやる！」

Log in…

文字通り遊んで暮らせるこの時代。多くのゲームプレイヤーにとって、創世機構《ジェネシステム》は神である。神であるが、万能ではない。例えば、前にシューティングゲームと格闘ゲームの対戦を例に挙げたが、その組み合わせが必ずしも推奨とは限らない。考えてもみてほしい。A社が配信する格闘ゲームAと、B社が配信する格闘ゲームB、この二つを創世機構《ジェネシステム》で連携させてバトルする。お互いのフィールドには対戦相手が仮想敵として出現。攻撃・防御・回避・必殺技を駆使して、敵の体力を削っていく。すると、対戦相手の体力にも同様に反映される。使用キャラの違いはあれど、お互いのゲームで一方的な優位差が生じぬよう、常にシステムが調整を繰り返す。どうだろう。

頭の中で考えてみても、これならば問題なく対戦できそうだ。格闘ゲーム同士なのだから。

では、シューティングゲームと格闘ゲームならばどうか。実に難しい。どのようにお互いのゲーム環境を再構築して連携させれば、絶対的指標に基づいて完全平等に対戦が実現できるのか。少なくとも人間の頭では考えられない。どう足掻いてもPCやAIによる膨大な最適化計算が必要となるだろう。ならば、パズルゲームとレースゲームでは？　サッカーゲームと音楽ゲームでは？

この時点で察したかもしれない。そう、ゲームにおける異種格闘技戦を実現させる上で、避けては通れぬ道。根本的なゲームのジャンルが異なるほど、連携の難易度が急上昇するのである。創世機構《ジェネシステム》はその壁を打ち破り、無事に実現まで漕ぎ着けた。これればかりは、開発者であるヒューマーの天才性に依るところが大きいだろう。

システムは実現され、今現在も世界中で稼働中である。ならば何も問題ないか。実のところ、そんなことはない。残った唯一の問題。つまり、ゲームの組み合わせによっては完全なる平等性を確保することは不可能であった。仕方がない。今現在のＩＴ技術の限界点なのだから。結果的に、どれだけ創世機構《ジェネシステム》が頑張ろうとも、微小ながら優位差が生じることがある。故に、神であるが万能ではない。そして、実力の拮抗したハイランクユーザー同士の高レベルなバトルになるほど、その微小な優位差が重大となる。

以上より、創世機構《ジェネシステム》は全てのゲーム同士で対戦可能であるが、望ましい組み合わせは存在する。それらの指標として『推奨』、もしくは『親和性』という言葉が用いられる。逆に言えば、親和性の高いゲーム同士のバトルであれば、優位差はほとんど生じない。お互いの接続エラーもタイムラグも最小化できる。したがって、創世機構《ジェネシステム》で開催される公式のゲーム大会では親和性に細心の注意が払われている。

では、「ゲーム」を「仕事」や「ハッキング」と連携させた場合はどうなるか。それらもまた同様である。なされる行動と親和性の高い内容のゲームを選択することが望ましい。さて、創世機構《ジェネシステム》を用いたハッキング、最上級のハッカーの意味合いを込めて『ウィザード・モード』と呼ばれているが、このモードをプレイする上で必要なゲームの要素とは何か。一つは、「破壊」である。

ここで、部隊長のノイド率いる壁破り部隊のプレイ画面を見てみよう。一見すると、ハードモードのブロック崩しで遊んでいるように見える。ブロックを崩すためのボールが大量に飛び交っているし、ボールを打ち返すバーが伸び縮みやワープをするし、謎のモンスターが増殖して攻撃を仕掛けてくる上に、何度ボールをぶつけてもブロックは破壊されない。とても楽しそうだが、決して遊んでいるわけではない。

では、ハッキングにおける序盤の手順を考えてみよう。セキュリティの脆弱性を事前に調査し、ポートスキャンを経て侵入ルートを決定し、ファイアウォールに穴を開けて内部に侵入する。そう、彼らは今、ブロック崩しで遊んでいるのではない。ファイアウォールに穴を開けているのである！

◇

ファイアウォールへの攻撃を開始してから、すでに五分が経過した。しかし、ノイドとその仲間たちは一つのブロックすら破壊できずにいた。かつて絶対に破ることはできないと謳われていた最新鋭の防壁は、その修復力に定評があった。破壊されたそばから、瞬時に壁が修復されていくのだ。その時は修復力を上回る同時集中攻撃で、防壁を突破するに至った。今回は違う。そもそも破壊不能である。

まさか、そんなはずがない。何かがあるはず。一見すると攻略が不可能なステージであっても、どこかに脆弱点《ウィークポイント》が存在するのだ。ただ、盤面をどのように分析しようとも、考えつくあらゆる破壊手段を試みようとも、鉄壁の黄金ブロックはうんともすんとも言わなかった。状況は最悪。増殖するモンスターを辛うじて倒して、現状維持に努めているだけ。

ノイドは視点を切り替え、五人のチームメイトの顔を一瞥する。その誰もが、必死になって攻略手段を探している。指示や怒声が飛び交い、各個人が割り振られた無茶な方法を検証していく。攻略本など存在しない。全てを自分たちで見つけ出さなければならないのだ。チーム外のメンバーは口を挟むことすらできない。それも当たり前。

――このゲームに最も詳しいのは私たちなのだから。

このまま攻略の糸口すら見つけられなければジリ貧。誰一人として内部に侵入することも叶わず、ミッションは失敗に終わる。それだけは絶対に駄目だ。もう、あの頃の自分ではない。たった一度の致命的なミスによりチームを壊滅させ、仲間から非難を浴び、全ての信用を失い、表舞台から消えざるを得なかった。あの頃とは違う。再度与えられたチャンスを、期待を、信頼を、決して失ってはならない。考えろ。一つとして挙動を見逃すな。貫通弾でもない、複数同時当てでもない、同じ場所に十六連打でもない、四桁を超える当てた回数でもない。いったい、答えは……。

その時。それは極めて微小な――超高解像度な画面において、実に数ピクセル程度の微小な挙動であった。一流プレイヤーでも気付かなかったであろうそれを、ノイドは見逃さなかった。次の瞬間、彼は思い掛けない行動に走った。ボールをバーで弾くだけの単純なこのゲームにおいて、お助けアイテムは攻略の要である。それをあろうことか、ノイドの操作するバーは敵の攻撃のみならず、モンスター撃破時に降ってくるアイテムすら避け始めた。いや、一種類のアイテムのみを集めだしたのだ。不要なボールを全て見捨て、一つのボールだけに全てを懸けて。ボールが一つでも残っていれば、ゲームオーバーにはならない。アイテムのストック数は、最大まで拡張して4ポケット。その全てを同じアイテムで埋める。希望を乗せた最後のボールがブロックに最も接近した瞬間、同じアイテムを獲得し効果発動。間髪入れず、ストックしたアイテムを連続使用。つまり、同じアイテムの五連撃。結果は――。

「破壊……できました！　やった、穴だ！　穴が開いた！」

チームメイトが雄叫びを上げる。破壊された一つ目のブロック。たった一つの小さな穴。しかし、彼らにとっては偉大なる一歩であった。ノイドが集めたアイテム。それは、『ボール分裂』。アイテムを発動すると、盤面に存在する全てのボールが複数個に分裂する。ここで重要なのは、ボールが分裂した瞬間であった。彼の目が捉えたのは、ブロック衝突寸前で分裂を発動させた際に、ボールがブロックに食いこんだ一瞬である。ほんの数ピクセル、分裂したボールの絶対位置が、進行方向に向かって元の位置からズレたのだ。ならば、この行為を五回連続で行うと何が起こるか。ボールの絶対位置がブロックの中心まで到達するという、極めて異常な現象である。さて、このブロック崩しというゲームの大前提として、ボールとブロックが全くの同位置に存在することはあり得ない。そして、ブロックよりもボールの存在が優先される。結果、ブロックの存在フラグが消滅。絶対に破壊できないブロックを破壊するに至ったのだ！

あとは壁が修復されるよりも速く、同様の方法で穴を拡張し、内部に侵入した部隊が帰還するまで穴を維持するのみ。ノイドは一大企業が誇る最先端のファイアウォールに、物理的に打ち勝ったのである。彼に破壊できない壁など存在しなかった。

「私たちの分まで……存分に暴れてきてください！」

穴は十分に広がった。熱狂と共に、壁破り部隊を除く全部隊が、壁の中へと一斉になだれ込む。

Log out…

「馬鹿な！　最新鋭の防壁だぞ！　まだ攻撃されて二十分と経ってないではないか！　この役立たずども！　今から私もそっちへ行く！」

社長室に怒鳴り声が響き渡る。それもそのはず、突破されるはずのないファイアウォールを突破されたのだから。仮にも、サイバーセキュリティ事業を広く手掛けている会社である。そのセキュリティが突破されたのだ。会社創設以来、前代未聞の大惨事。こんな事実が外部に知られた日には、多少の損失どころでは済まされない。信用や株価にも多大なる影響を及ぼすだろう。速やかにこの事実を無かったことにする必要がある。それが意味することとは、侵入者の完全駆除。

「それと……奴を呼べ」

コングは一段と凄んだ声でそう言うと、内線を切った。足早にセキュリティ本部へ向かう。
——早くもシナリオが崩れかけた。しかし、こんなこともあろうかと用意していた秘密兵器が、我が社にはある。奴さえ来れば安泰なのだ。そう、わざわざ会社の敷地内で匿《かくま》ってやっているのだ。その分の仕事を果たしてもらわなければ割に合わぬ。ただし、奴が本部に到着するまでは、自社が誇る最高峰のセキュリティシステムで敵を食い止めなければならない。それがどれだけ信用できるか……。
「断じてあれを失ってはならない。あれは金のなる木だぞ……」

Log in…

ぽっかりと口を開けたファイアウォールから流れ込んだ部隊は、通ってきたその穴を中心に自分たちの陣営を形成し始めた。それと同時に迎撃部隊は周囲へと散開し、陣形を組む。来《きた》るべき脅威に備えて。これだけ大々的に敷地内へと侵入を果たした時点で、セキュリティシステムの警報が作動しないはずがないのだ。ものの数秒と経たず、わらわらと敵が押し寄せてくる。それは空から、地上から。奴らこそがセキュリティシステム末端の駆除担当にして、無限の自律戦闘部隊。まるで白血球のよう。彼らの奥に見える歪な建造物が、目的のＡＩが囚われているという、ルート4の中枢区域。その深層まで到達するには、3つのパスコードを解除しなければならない。

ここで、フルフェイスのヘルメットを被った人物が声高に叫ぶ。否、ヘルメットではない。頭部プロテクトアーマーである。『インポッシブル・ミッションズ』における防具装備の一種。そんなものを被って、皆に声が届くのだろうか。その心配はない。部隊の誰もが無線で会話する。マイクが声を拾い、メンバー全員に届けてくれる。して、叫んだその人物とはビオであった。

「よし、作戦通りに行くぞ！　通信妨害部隊とパス解除部隊はここで待機！　近距離および遠距離迎撃部隊は、陣営を守りながら奴らを撃破！　僕を含む奪還部隊は、輸送遊撃部隊と共に先へ進む！　あとは各部隊長の指示に従え！　幸運を！」

全員がリーダーの激励に応える。そして、各自のゲームに必要となる設備環境を、マシンを、装備を展開し始める。完全武装を終えた奪還部隊六人の前に颯爽と現れたのは、三機のレーシングマシン。その一機の操縦席から、男が叫ぶ。

「全員さっさと乗り込め！　遊撃前の一っ走りだ！　遠距離迎撃部隊、援護は任せた！」

「カリマ、頼んだぞ」

「しょうがねぇな。リア友のよしみだ！」

彼こそが輸送遊撃部隊の部隊長、アバター名はカリマ。現実世界にて、ビオ自らが参加を依頼した友人である。

「うん……本当に、乗るのかい……？」

「ゴルド！　我慢して乗れ！」

チーム：ゼータは二人ずつ三組に分かれて、大型の二輪駆動マシンに乗り込む。ピカピカの鮮やかな塗装に、太いタイヤ、リニアエクスプレスの如き流線型のボディ。その側面には、架空の企業名がスポンサーとして表示されている。全員が乗り込んだことを確認するや否や、間髪入れずにトップスピードで敵地を駆け抜けていく。内部の人間に掛かるGが心配になるほどの加速度であるが、何も問題ない。これはあくまでゲームの延長線上なのだ。

一方、敵陣からわらわらと出現したヒューマノイド型の兵隊が陣地へと押し寄せる。大きさは人間と同等。隊列の足並みこそ揃っていないが、問題となるのは軍隊と見紛うほどの兵の数。敵のセキュリティシステムは定石通り物量作戦に出たようだ。ならば好都合。迎撃部隊の任務とは、ある一カ所を死守することなのだ。それは、自分たちの陣地である。一つの場所を守るために戦場で問われるのは、兵の量より兵の質。この教訓は、『三国志』の長坂橋《ちょうはんきょう》の攻防からも学ぶことができる。

「ふむ、元チャンピオンとそのファミリーの実力を見せる時が来たか。お前ら、気合いを入れろ！準備はいいな！　さあ、どこからでもかかってこい！」

近距離迎撃部隊を率いるトリートが、自ら最前線に立って構える。ガチャリ、ガチャリと、おおよそ人間らしからぬ金属音と共に、敵兵が戦線に到達した。トリートは一瞬で敵の波に呑まれる。刹那、轟音を上げて吹っ飛ぶ敵の戦闘部隊。許容される損傷の100パーセントを超えてダメージを与えられた敵は、なす術なくその場で分解され、跡形もなく消え去る。あっという間に戦線を押し返した。それでも、敵はまだまだ無限に湧いてくる。

「格闘ゲームというより、まるで大乱闘だ」

息つく間もなく敵の第二陣が押し寄せる。と、走ってきた敵の集団が、地上で突然弾け飛ぶ。まさか、近距離迎撃部隊は気功が使えたのか。手のひらから、エネルギーの波動を放出できたのか。可能かどうかと問われれば、可能である。しかし、原因はそれではなかった。

その正体は、空からの支援射撃。緊急発進《スクランブル》を経て空へと舞い上がった八機の戦闘機が、横一列の編隊を組み、爆音と衝撃波を置き去りにして空中を一瞬で駆け抜ける。

「足を引っ張るなよ、兄さん！」

「それは俺のセリフだ、弟よ！」

遠距離迎撃部隊を率いる、兄のエースと弟のフォック。自陣から見える戦闘機が小さくなったかと思えば、八機同時に反転して戻ってくる。そのまま滑らかに二つのダイヤモンド型の編隊飛行に変化する。息ぴったりの連携。しばらくすると、敵陣の建物から次々と謎の飛行物体が浮上し始めた。形状は戦闘機に似ても似つかないが、それらは紛れもなく敵機だろう。奴らを自陣に近付けてはならない。そこが敵の射程距離に入る前に、確実に撃ち落とさなければ。空を黒く埋め尽くさんばかりの敵戦闘機部隊に、兄弟たちは突っ込んでいく。

「マグナム・ボム」

「ブラック・ホール」

突如、青い空に巨大な炎の塊と暗黒物質が出現したかと思えば、数多くの敵機を巻き込んで瞬時に消え去った。これが、彼らのゲームにおける最上級兵器である。

「真似するなよ！　決戦兵器は節約だろ！」

「真似じゃない！　流行っているんだよ！」

「全く……口が減らないな」

「減らず口もいいところだ」

「なんだ？」

「やるか？」

「いいだろう」

「本気で行く」

「チーム撃墜数の！」

「多い方が勝ちだ！」

壮絶なる兄弟喧嘩の幕開けである。二つの編隊は、完全に別々に分かれて戦闘行動を開始した。
その時、陣営に残された二部隊はいったい何をしているのか。もちろん、暇を持て余している
わけではなかった。パス解除部隊は自分の出番が来るまで待機である。各自の筐体《きょうたい》や画面やフ
ィールドを広げ、全神経を研ぎ澄ませて集中している。
それとは対照的に、通信妨害部隊はてんやわんやであった。
「通信反応確認。音ゲー部隊出動！　全力で妨害しろ！　一発でも撃たれたら終わりだ！　一音
もミスんじゃねぇぞ！　全部パーフェクトを叩き出せ！」
実力を鑑《かんが》みた結果、奇しくも通信妨害部隊の部隊長に大抜擢されたレヴォは、踊りながら仲間
たちを鼓舞する。残る四人のメンバーもまた、それに合わせて楽器やボタンをテンポよく叩き始
める。傍目から見ると実に滑稽だが、本人たちは至って大真面目だ。セキュリティシステムの中
枢に聳え立つ制御塔。その天辺に備え付けられた、巨大なレールガン。無論、その矛先はこちら
を向いている。この巨大兵器を起動するための通信を、目下全力でリズムに合わせて相殺し、完
全に無効化しているのだ。セキュリティ本部からのシステム手動介入すら封じる、鉄壁の守り。
可変する周波数に合わせた電波通信妨害《ジャミング》により、ルート4の中枢区域を除く全てのセキュリティ
空間では、侵入者自動迎撃システムが孤立状態と化していた。これをどれだけ維持できるかが、
勝負の分かれ目となってくる。任務遂行の時間稼ぎという重大な役割。故に、一つのミスも許さ

れない。たった一度でも敵の通信が成功した場合、戦況は一変してしまうだろう。

この時点で、ビオを含む奪還部隊は最初の目的地へと辿り着いていた。

「こちら、ビオ。ルート3を突破。輸送遊撃部隊と別れて……中枢施設の第一の扉に今、到着した！　端末設置完了。データ送受信開始。扉の開錠をパス解除部隊……頼んだ！」

最後まで言い終わらぬうちに、壮絶な爆発音が木霊《こだま》する。次いで、連続した銃撃音。奪還部隊も奮闘しているのだ。部隊総出で、第一の扉を死守しているのだ。

ここからは遂に、パス解除部隊の出番である。しかし、全員の出番ではない。一人ずつ順番に。扉は全部で三つあるのだ。

「では、まずは僕から行きましょう。一段ずつ障害を消し去ってあげますよ」

コキッ、コキッと、音こそ鳴らないが首を鳴らす素振りを見せつつ、部隊長のトリスは呟いた。

彼の専門は落ち物パズルである。いくつも同時に落ちてくる異様な形状のブロックの集合体を駆使して、盤面を整地し、平面を消滅させていく。目にも留まらぬ、半端ないスピードで。

「あらあら、私だって次々とコードを破壊してみせますわ。それはもう、連鎖するように」

「余計な手間はかけない……ドンとまとめて……ロックを落とす……」

「いざという時のために吾輩もいる。君らが匙を投げても大丈夫だ。安心したまえ」

部隊メンバーのフヨ、ボルブ、ドクもまた自信満々である。十分な時間をかければ、このメンバーの誰もが扉を開錠することなど容易だろう。それほどの実力者揃いである。ただ、今回ばかりは時間との勝負。厄介で難解な扉のロックを開けられることは大前提として、如何に速く開錠できるか。それが奪還部隊の――ひいてはチーム全体の存亡に関わってくる。扉を開錠したら終わりではない。可能であれば、奪還部隊の帰還時まで開け続けていることが望ましい。セキュリティプログラムも学習するため、全く同じ手順では再度開錠することができない。時間のロスを防ぐためにも、パズルを解き続けて開けたままにしておきたい。

「ひゃっほうううぅ！」

追尾する敵戦闘機のミサイルから逃げ、あらゆる武器をぶっ放しながら敵陣を駆け回るのは、カリマ率いる輸送遊撃部隊のマシンである。彼らは奪還部隊六人の輸送を終え、遊撃の任務に移行していた。次なる輸送は部隊の帰還時。それまでは戦場を攪乱させ、各部隊のサポートに徹する。敵の密集地帯へと突撃し、磨き上げた運転技術で敵兵士や中型ロボットの隙間を潜り抜ける。彼らのマシンが通ったあとには何も残らない。それもそのはず、爆弾を後方に撒き散らして進むのだから。

数分後、トリスから全部隊へと通信が入る。

「第一の扉、開錠です」

「よくやった！　想定時間よりも早いぞ！　奪還部隊、ルート4施設内部へ侵入する！」

返事は無い。一部人員を除き、誰もが非常に忙しい状況なのだ。しかし、健闘を祈ると、ビオには確かにそう聞こえた気がした。

Log out…

「何を手こずっている！　さっさと始末しろ！」

「で、ですが……現状の自動セキュリティモードでは全く対処が追い付かず……かと言って、こちらからの手動操作も無効化されておりまして……」

セキュリティ本部に乗り込んだコングは、担当責任者に檄《げき》を飛ばす。否、雷を落としている。対応に追われる実担当者の面々もまた、戦々恐々としていた。本来ならば、軽い引き継ぎをして業務から解放されている時間であったが、この状況下でそんなことは許されない。ましてや、CEOまで来てしまったのだ。只々、本日の勤務シフトを悔やむしかない。混乱状態の最中、新たに来た次のシフト担当者と合わせて二倍の人員を動員しても、全く以って手が回っていなかった。

「CEO！　彼が到着しました！」

「やっとか。遅いぞ！　こっちは匿ってやっている上に、高い契約金まで支払っているのだ。その元は取らせてもらおう。さっさと配置に着け！」

コングの視線の先。セキュリティ本部の入り口には、部屋着のまま会社に来たかのような、上下ジャージの青年が佇んでいた。フードを深く被り、両の手をポケットに突っ込んでいる。

「あ、そう。お金なんて別に、どうでもいいんだけどなぁ……。ま、いっか」

「何を悠長にそんな……早く！」

「焦らなくても大丈夫だよ。結局……あの子を奪われなきゃいいんでしょ？　なら、別に全員を相手取る必要はない。まだコントロールの残っている中枢区域で……敵の主要部隊を迎え撃つ。頭さえ落ちれば、残りは軽く捻り潰せる。それに……見たところ、中枢まで侵入した敵の特攻チームは……六人か。まーだルート４に入ったばっかりだしぃ……そいつらをちょいと討ち取れば……ボン！　ジ・エンド」

「そうか。自信があるんだな。頼んだぞ、ドルフィン」

その時。ドルフィンと呼ばれた青年は、一つのモニターをまじまじと凝視した。それは、プログラムコードの羅列でも、現在のセキュリティシステム稼働状況でもない。創世機構《ジェネシステム》の通信を詳細解析し、侵入者たちが見ているであろう世界を、ゲーム画面として表示したものであった。そのうちの一つの映像。

「このゲーム……『インポッシブル・ミッションズ』か。懐かしいな。ただ、この動き……なーんかどこかで、見たことある奴だなぁ……」

Log in…

創世機構《ジェネシステム》を不正利用することでゲームをしながらサイバー攻撃、もといハッキングが可能となる事実は、理解してもらえたと思う。ところで、あと一つだけ、まだ説明していないことがある。プレイヤーたちにとっての、「スリル」とは何か。

通常のハッキング然り、こんなに大それたことをノーリスクで行えると考えるのは浅はかである。つまり、ANOTHERを通じて創世機構《ジェネシステム》を利用することで、『ウィザード・モード』をプレイする全ての人間は、何らかのリスクを背負っていると考えるのが妥当だろう。。

彼らは大きく分けて、二つのリスクを抱えている。

一つ、ゲームオーバーによるアバターの消失。ANOTHERの中で普通に対戦する時には、決して起こり得ない現象。意図して作られた創世機構《ジェネシステム》の穴。ANOTHERの仮想領域より外でアバターを消失した場合――ゲームで負けた場合。運営管理局という唯一の例外を除いて、アバターを再構成することは叶わない。それが意味することは、これまで集めてきた全てのマネー、アイテム、武器防具、衣装、プレイヤーランク、ゲームレベル、いいね、その他諸々を一瞬にして失うこと。ユーザーによっては全財産を失うに等しいだろう。だが、この程度のリスクならばまだ可愛いもの。極論として、また一からやり直せばいいのだ。ここで問題となるのは、もう片方のリスクである。

一つ、不正利用が発覚したユーザーの緊急逮捕。ゲームオーバーさえ避ければいいのかというと、決してそんなことはない。最も望ましいのは、敵の攻撃やトラップによる損害・ダメージを一切出さないこと。何故ならば、プレイヤーがダメージを受けるたびにアバターの構成情報がランダムに流出していくのだ。その情報の重要度は、受けたダメージの深刻さに比例する傾向があり、主に五段階に分類される。FPSで例えると、このような具合に。

レベル1：微傷（腕を銃弾が掠った）
・ANOTHER内でのどうでもいい行動情報が流出
レベル2：軽傷（血が出て止まらない）
・ANOTHER内での大まかな行動情報、ちょっとした個人情報が流出
レベル3：重症（かなり深く抉られた）
・ANOTHER内での詳細な行動情報、登録した大まかな個人情報が流出
レベル4：致命傷（臓器を貫かれた）

・ID、パスワード、生体情報、登録した重要な個人情報が流出
レベル5：致死（ヘッドショット）
・IPアドレスが流出

以上より、ダメージが蓄積するとアバターの構成情報が次々と流出。それらの情報により個人を特定された場合、ANOTHERの運営管理局からユーザーへ連絡が届き、その256秒後にアカウントが強制停止。加えて、連絡から十分以内に自宅へ警察が突入、有無を言わさず緊急逮捕に至る。そう、仮想世界《ヴァーチャル》のみならず、現実世界《リアル》でも全てを失う羽目に陥るのだ。何とも恐ろしいリスクであるが、それこそがプレイヤーたちにとっての「スリル」なのである。

◇

さて、中枢施設の内部に侵入を果たした奪還部隊は、いつも通り順調に侵攻を進めていた。前衛をビオ、ドム、アース、後衛をソリード、ゴルド、アラヤが務める、チーム：ゼータ鉄壁の布陣。ビオが無線とハンドサインによる指示で部隊を先導・指揮し、二丁の銃を構えた切り込み隊長のドムが先行して突撃、それと同時にアースが支援射撃と称して敵部隊を一掃、ソリードが敵

の狙撃兵に撃たれるよりも速く撃ち落とし、ゴルドが敵の操作する機動兵器や自律固定砲台を破壊、取り零し無きよう最後尾でアラヤが後始末とサポート全般に従事する。今のところ、全員がノーダメージ。ここまでは快調である。

しかし、ここから先は一筋縄では行かない。普段のような単純なミッションではないのだ。今回の目的であるＡＩの存在位置情報は、依頼人より事前に取得済みである。マップに反映されたＡＩの現在位置を確認した上で、どうやら施設の中央部にいることは間違いない。問題は、そこまでの道のりである。施設内部はクノッソスの迷宮の如く入り組んでいる。いや、迷宮どころの騒ぎではない。三次元的に道が交わっているのだ。進行方向は前後左右だけでなく、上にも昇るし、下にも降りる。そして、その迷宮のどこかに、ミノタウロスにも匹敵するボス級の敵が点々と存在するのだ。いちいち壁を破壊して進んでいては残弾数が持たない上に、下手したら道を踏み外して電脳世界の奈落に落とされる可能性だってある。

さらに、安全を確保しつつ探り探り侵攻しながら、第二、第三の扉を見つけなければならない。施設中央部へ到達するまでに、ちょっとやそっとじゃ破壊できぬファイアウォール並みの堅牢な防壁を、三枚にわたって突破しなければならないのだ。

その一枚目はすでに通過した。そう、建物の入り口である。第一の扉の位置は、視覚情報により外部から容易に特定できた。次の扉はそうも行かない。

壁破り部隊ならばその強固な扉も破壊可能だろう。だが、彼らが侵攻するには中枢区域は深過ぎる。このルート4は、完全なる敵の領域なのだ。故に、扉を開錠して通過する。もっとも、実際に扉が存在するわけではない。あくまでセキュリティ防壁の最脆弱部が、ゲーム上に具現化した姿である。それを見つけ出して、パス解除部隊がコードを解析して、奪還部隊が物理的に扉を開くのだ。

無論、ただ闇雲に扉を探し回ることはしない。この奪還チームにも優秀な頭脳たちが存在する。ゴルドが謎の装置で周囲の状況を解析・把握・可視化し、ソリードが小型のドローンを複数体飛ばして先の状況まで確認、以上のデータを踏まえてビオが進行方向を決定する。第二の扉の発見に至るのは、時間の問題だった。

「うん。見つけた」

ゴルドが呟く。この時点で、作戦開始から四十分が経過していた。

「良くやった、ゴルド」

「しかし、リーダー。どうやら一つ問題がありそうだ。うん」

「問題か……」

第二の扉を見つけて、問題があると言われた。その時点で、メンバーの全員がそれは何か予想できていた。第二の扉が位置するエリアに部隊が到着した時、それは予想通りであり、若干予想と違ったことも理解した。そう、扉を守るガーディアンの存在。手のひらに兵器クラスの武器を備え、あり合わせの機械をごちゃ混ぜにしたかのような、歪で巨大な四足歩行ロボット。これまでに撃破してきた中ボス級とは訳が違う。確実に大ボス級。その背後には第二の扉が鎮座している。では、何が予想と異なったのか。大ボスは、この場に三体いた。

「やるぞ」

ビオの言葉にメンバーが反応する。ボス撃破に関する作戦説明はない。つまり、いつも通りの手順である。

「まあ、準備運動にはちょうどいいか。なんてな！」

「はっはあ！　こりゃあ、楽しくなってきたぜ！」

「……うっす」

「うん。解析は任せて。目指せ最速撃破」

「必要アイテムがあれば言ってくれ！」

ここに、最初の大ボス戦が幕を切って落とされた。

Log out…

所変わって、現実世界。具体的に説明すれば、ニューアメリカから地球の反対側。その南半球に位置する国に、一人のプレイヤーがいた。それは別に問題ない。ごくごく普通のこと。

その人物は、お世辞にも身長が高いと言えなかった。大体160センチ前後か。しかし、当の本人は気にしていなかった。何故ならば、ANOTHERの中では身長2メートル超の大男でいられるのだ。身長のことなど誰にも指摘されない。逆にデカいと言われる始末。彼もまた、ANOTHERで創世機構《ジェネシステム》を利用するユーザーであり、現在進行形で大企業にハッキング中であり、奪還部隊のメンバーの一人であった。コントローラを着込み、VRグラスを装着し、位置ステージ上で叫びながら豪快な動きを演出していた。その男の背後に、魔の手が忍び寄っているとも知らず――。

ところで、彼には世界で一番嫌いな物があった。嫌いな物とは、食べ物の類いではない。生き物の類いである。故に、高層マンションの十階に部屋を構え、窓は決して開けなかった。

それはどのように紛れ込んだのか。おおかた配送された荷物にでも引っ付いてきたのだろう。そいつはあろうことか、天井へと張り付き、糸にぶら下がりながらゆっくりと降りてきた。レスキュー隊の如く。

ピトリ――男は一瞬、首筋に違和感を覚えた。皮膚がわずかな感触を検知したのだ。コントロール・スーツが覆っているのは、首より下のみ。したがって、不幸にも気付いてしまった。

何だか痒いな。その程度の認識で、首筋に舞い降りた悪魔を手に取る。反射的に、VRヘッドセットの画面の一部を現実世界へとリンク。違和感の正体を視覚で確認——そんな馬鹿な！　ここは十階だぞ！　どうやって侵入した⁉　頭で考えるよりも先に、身体が反応した。

「ぎゃああああぁ！」

瞬間、絶叫を上げて位置ステージから飛び降りる。いや、飛び降りられない。どう足掻いてもステージ中央に固定されるのだ。そのための装置である。果たして、忍び寄る悪魔の正体とは。

——蜘蛛である。

正確に言えば、ほんのちょっと大きな蜘蛛。タランチュラでもないのだ。そこまで騒ぐほどではない。ただ、彼が世界で一番嫌いなものとは、虫であった。それが突然、目の前に現れたのだから、驚くのも当然のこと。

そして、彼は絶賛ゲーム中。命懸けの重要なゲーム。一時停止はできない。彼の操作するアバターが危機に陥ることは当然の帰結である。加えて、さらに最悪の事実を伝えねばなるまい。つまり……今はボス戦の最中。

その敵は巨大であり、装甲も厚い。ならば、貫通力に優れたアースとゴルドのウェポンが頼みの綱である。もしくは、ドムが新たに持ち替えたレーザー銃。純粋なボスとの戦闘であれば、残る全員も同様にレーザー銃などの有効な武器に持ち替えるのがベストだろう。しかし、敵はボスだけではない。周囲には、通常の敵兵もまた湧いて出るのだ。その処理に回る人員も割かねばならぬ。結果、ボスへの攻撃は三人に託された。すでに解析は終了し、ボスの行動パターンと装甲の薄いエリアは、データとしてメンバー全員に送信された。あとは速やかに撃破するのみ。

「よっしゃ！　まずは俺が一体撃破！　ドムに千ポイント加点！」

「はっ、何ふざけたこと言ってんだ！　自画自賛かぁ！」

「うーん。ダメージを蓄積させたのはいったい誰なんだろうねぇ。うん」

攻撃部隊の三人は、割と息の合った連係で一体ずつ撃破を果たす。それは順調に見えた。その時までは。

「破壊光線が来るぞ！　全員退避！」

ビオから声が掛かる。すると、二体のボスの手のひらが光り輝く。明らかにこれから強い攻撃を仕掛けるというアピール。プレイヤーが避けないわけがないのだ。普通の思考回路を持ったプレイヤーであれば。

「ぎゃああああああぁ！」

絶叫と共にボスの正面へと突っ込んでいく一つの影。彼は今、正常な思考ができないでいた。そのプレイヤーとは……。

「アース！　どうした⁉　何があった！　応答しろ！」

ビオの呼び掛けも虚しく、応答なし。だが、何かが起きたのだ。その場所が仮想世界か、現実世界か、まだ分からない。いや、ほぼ確実に後者だろう。現実世界で問題が発生したのだ。今までアースがこんなにも取り乱したことはなかった。何が起きているというんだ……？

しかし、それどころではない。二体のボスは、今にも総攻撃を開始するところ。あの破壊光線を直に食らって、レベル2以下のダメージで済むはずがないのだ。どう足掻いてもレベル4以上。つまり、ゲームオーバー。

だからといって、自分も飛び出してアースを制止すれば巻き添えを食らうことは必至。そもそも距離が遠過ぎる。何人たりとも、彼を助けることはできないだろう。

「アース！　アース！」

「ああああぁ！」

チームの誰もが、このゲームを知り尽くしていた。故に、今の自分たちの装備では、アースの救出は不可能であると確信した。その誰もが、彼を見捨てる覚悟を決めた。

たった一人を除いて。

「僕が行く」

「アラヤ！　いったい何を⁉」

ビオの問いにも答えず、通信が切れる。その応答からわずか三秒後、破壊光線は発射された。

「アースゥ！　アラヤァ！」

直視できぬほどの眩しい光。金属の溶ける音が響く。そして、光線が止む。そこには、焼け焦げた人影が。

「くっ……馬鹿野郎が……惜しいプレイヤーを亡くした……」

しんみりとした空気がチームを包む。直後、それを破る軽快な一声。

「おい、ドム……誰を亡くしたって？　勝手に殺すなよ」

はっと我に返る。よくよく見れば、その黒焦げになった人影の正体は……敵のヒューマノイドだった！

「アラヤ！　無事だったのか！」

「まぁな、ビオ。ギリギリな。もちろん、アースも無傷だ。多分だけど」

「でかした！　でも、どうやって……」

「話はデカいのを倒した後だ」

まさか、新人のアラヤにそれを諭されるとは。負けてはいられない。再度、一人を除いて攻撃態勢を整える。当のアースは、気絶したように物陰で倒れている。走って壁にでも衝突したのか、現実世界で本当に気を失っているのか。だが、その隣にはソリードがいる。ならば安全だろう。

アラヤはどんな方法で助けたのか。それは、あらゆる事態を想定した上で、彼が荷物持ちだったからこそできた芸当。使ったのはマジックウェポンの一種である。正式名称、「絶対位置交換キャノン」。通称、「場所替えの銃」。その機能とは、電子砲を当てた対象の絶対位置と、今現在の自分の絶対位置とを交換する。断じて攻撃用の武器ではない。過去にイベントで配布されたジョークグッズの一種だった。実装当時は流行したが、今や廃れてしまった幻の武器。

こんなにも便利なウェポンが廃れるものだろうか。実際のところ、ゲーム内では全く使えないのだ。弾薬が異様に高価な上に、三発までしか装填できない。また、相手の頭部に命中させる必要がある。このゲームにおいて、敵の頭にこんなものを当てるくらいなら、貫通弾の一発でも撃ちこんだ方が良いに決まっているのだ。それに、自分の移動先が敵に囲まれていたら、目も当てられない惨状となる。結論として、決して武器の所持枠を減らしてまで持ち込むものではない。このような状況に陥らない限りは。

助けられる見込みはあったものの、半分は賭けだった。アラヤの行動とは、次の通り。まず、キャノンの一発目をアースの頭部に撃ち込む。すかさず、通常敵の手頃なヒューマノイドの頭部に二発目を撃ち込む。すると、何が起きるか。最初に、アラヤとアースの位置が交換される。次に、アラヤとヒューマノイドの位置が交換される。こうして、二人は安全な場所へ移動し、敵兵が光線を浴びるという寸法である。しかし、時間は数秒しかなかった。その間に正確な二発のヘッドショット。一発でも撃ち損じれば、どちらかがゲームオーバー確定。まさに起死回生の大博打。結果、彼はプレッシャーにも負けず、それを無事に成功させたのだ。

この瞬間、ビオはアラヤの成長を確信した。彼はもう、新人ではないのだ。

◇

「第二の扉に辿り着いた！　開錠を頼む！」

「了解よ」

ビオの連絡に、パス解除部隊二番手のフヨが答える。ここからは扉の前に陣取って解除の時間を稼ぐ。つまり、周囲を警戒しながら待機。ボスを撃破したら、迫り来るのは雑魚ばかりである。それをショットガンで、アサルトライフルで、その他バラエティーに富んだ武器で返り討ちにする。

「う、うう……」

「みんな！　アースが目を覚ましたぞ！」

「うっ……ビオ……俺の武器は……？」

「第一声がそれかよ！　大丈夫そうだな。いったい何があった？」

「蜘蛛が……そうだ、蜘蛛だ！　ちょっと待ってくれ。どうにか……退治してくる」

今、ビオは全てを理解した。アースが世界で一番嫌いなものとは。どうして彼が数あるＦＰＳの中で、『インポッシブル・ミッションズ』を選択したのか。このゲームはリアルな世界観を売りにしている。敵は基本的に人間の兵士。もしくは彼らが操縦する兵器や乗り物。最も常識の枠からはみ出したボスであっても、自律駆動する巨大ロボットや、試作された機動兵士が関の山。したがって、巨大化した昆虫や、気持ち悪い宇宙人や、ウイルスで変異したゾンビと戦うことは、世界観からして絶対にあり得ないのだ。これにはアースの選択にも納得である。他の人気ＦＰＳでは遊べないだろう。

しばらくして、アースが帰って来る。アバターの操縦権を戻したのだ。

「みんな、すまない。迷惑を掛けた」

「おいおい、いつものアースはどこ行った？」

「ドム、すまなかった」

「ったく……調子が狂うぜ。でも、無事で良かった」

「……うっす」

「うん。全くだ。一人でも欠けたら大変だ」

全員が安堵の表情を浮かべる。

「そうだ。一つ言い忘れていた」

「なんだ、ビオ」

「お前を助けたのはアラヤだ。ちゃんと礼は言っておけよ」

「そうか、そうだったのか……ありがとう、アラヤ」

「僕もチームの一員ですので。いや、一員だからな！」

アースは手を差し出す。それを、アラヤが握り締める。強く、固く。別に驚きはしない。ビオは、いつか二人が分かり合える日が来ると信じていた。その日がたまたま今日だっただけなのだ。

Log out…

セキュリティ本部は大忙しである。怒れるコングにおびえ、ビクビクと作業する職員たち。そのかたわらで、ドルフィンは悠然と呟く。

「さーて、仕込みは完了した。データも解析できたしぃ……複製《コピー》も楽勝」

「何をしている！　奴らはもう、第二防壁を突破するぞ！　そしたら残り一枚だ！」

「まぁ……見てなって。楽しい楽しいショーの幕開けだ」

「ショーだと……遊びじゃないんだぞ……」

「もっちろーん、奴らを殲滅する殺戮ショーさぁ」

ドルフィンが何を考えているのか、コングには理解できなかった。それでも、今は彼を信じるしかないのだ。会社の命運を彼に懸けるしか……否、賭けるしかなかった。

「あ、それとぉ……お宅の暇そうな社員ちゃんを借りるね」

Log in…

ふと、三式増殖手榴弾を投げながら、ドムがビオに耳打ちする。

「なーんか臭わねぇか？」

その違和感は、ビオにもあった。確かにここまでプレイしてきて、ゲームステージの難易度は極めて高いと判断できるが、理不尽なほど難しいわけではない。ちゃんとクリアできる。ダメージも少ない。万全の態勢で臨んだとはいえ、これが世界第二位のネットワーク企業のセキュリティなのだろうか。全てが上手く行きすぎている。それが違和感の正体。まるで、罠に誘い込まれているかのような。

「まぁ、気にし過ぎか！」

ドムはそのように言うが、ビオはリーダーとして楽観視できない。まだ先は長いのだ。仮に、CEOのコングにまで現在の状況が伝わっていたとなれば……やはりこの程度で済むとは考えられない。きっと、もっと恐ろしいことが……。

「ドアが開いた！」

アースの声が響き渡る。ここで躊躇しても仕方ない。とにかく前に進まなければ。

「じゃ、お先に！」

ドムが扉を潜り抜けた瞬間、それは起こった。ガシャンと音を立てて閉まる扉。分断された！

そう思った矢先、耳をつんざく断末魔。無線から聞こえたのは、紛れもなくドムの声である。

「おい、どうした！　応答しろ！　ドム！　応答しろ！　パス解除部隊！　どういうことだ⁉」

「私はまだ開錠を終えていませんわ！」

してやられた！　ドアが開いたから、てっきりパスが解除されたと思って先へ進んだ。しかし、それが罠だった。扉はまだ開錠されていなかった。内部から何者かに操作されて、一時的に開かれたのだ。一瞬の判断ミスが命取りとなる。そう、ここは戦場である。

「早く解除を！」

「こちらトリス！　今、残りの三人が総出でやっています！　が、まだ時間はかかるかと！」

「了解！　おい、ドム！　返事をしろ！」

必至の願いが通じたのか、応答が返ってくる。

「こちら……ドム……」

「ビオだ！　状況は⁉」

ノイズが交じって聞き取りづらい。

「駄目だ。あんなの……勝てっこない。全員……今すぐ撤退しろ」

その言葉により、全部隊のメンバーに衝撃が走る。ドムもまた熟練のプレイヤーである。それは誰もが承知の上。そんな彼から撤退を勧告されたのだ。いったい、扉の中にはどんな危険が待ち受けていたというのか。予想もできない。

「おい！　開錠はまだか！」

「いや、いい……。俺は、もうダメだ……。置いて……逃げてくれ……」

「ドム！　状況は⁉」

アース、ソリード、ゴルド、アラヤ。四人がビオの顔を見つめる。これからどうするか。全ての判断は、統括リーダーである彼の裁量に懸かっていた。つまり、撤退するか、否か。

　ビオは決断を逡巡する。リーダーという立場であれば、一人を切り捨てて撤退を選択するべきだろう。ただ……今すぐ撤退しろだって？　あの、ドムが？　ものの一目見ただけで、任務を完全に諦めるとは。何を見たんだ。何が起きている。未だに状況の一つすら言ってこない。そうだ、おかしい。状況は、と聞いているんだ。撤退を勧める前に、まず状況の報告だろう。どれだけ一緒に戦ってきたと思っている。全てがおかしい。ビオは、ゆっくりと口を開く。

「ドム、最後に一つだけ、教えてくれ。お前を最前線に立たせた時、僕は何をする？」

「は？　何を言って……」

「真面目に聞いているんだ！　三秒で答えろ！　三、二、一……」

「援護だ、援護！　俺が最前線に立ったら、お前は援護してくれるだろ！」

「そうか。分かった。残念だよ、ドム。いいや……この偽物が！」

「なっ」

「プランG！　総員、周波数を切り替えろ！　今この時を以って、本通信を遮断する！　次は一七九・五！」

　事前の取り決め通りに、全員が周波数を切り替える。すると……。

「信じてたぜ、ビオ！」

「で、答えは？」

「俺の後頭部をライフルで撃ち抜く！」

「あぁ、正解だ。間違いなくドムだ。これ以降、二分おきに無線の周波数を変更する」

「こちらトリス！　お待たせしました！」

直後、第二の扉が開く。今度こそ、確実に開錠された。

「会いたかったぜ、みんな！」

ドムがメンバーに抱き付く。やれやれ、肝が冷えた。全く、うちの猫以上に世話の掛かる相棒だ。

「ドム、お前は千ポイント減点だ」

Log out…

「あっれー？　おかしいなぁ。完璧だと思ったのにぃ……どこで勘付かれたんだ？」

ドルフィンは首を傾げる。奴らの無線周波数を解析・掌握し、予定通り一人を分断。複製した人工声帯を用いて本人同様に喋らせた。だが、看破された。撤退には至らなかった。何が問題だったんだ。

それでも、キーボードを叩く手は止まらない。

「そこのお前！　次の無線周波数に切り替えろ！　一七九・五ヘルツ！」

「はっ、はい！」

コングの指示で、社員の一人が周波数を合わせる。スピーカーから流れたのは……。


『バカが聞く♪』


「くそっ！　やられた！」

「そんなの当たり前じゃーん。見え見えな罠だってぇ」

「おい、第二の扉も突破されたぞ！　本当に大丈夫なのか⁉」

「うーん、何も問題ないね。奴らは第三の扉まで辿り着けない。その前に全滅する」

「それは、どういう意味だ？」

「つまりぃ……絶対的に辿り着けない理由があるってこと。それに、たとえ最後の扉を越えたって……あの子を見つけられるはずがないんだからぁ」

「本当だな？　その言葉、信じるぞ！」

「ビオ……ビオねぇ……？」

無線から流れた名前を呟く。この時、ドルフィンは数年前に思いを馳せていた。

Log in...

「クリア！　ゴー！」

「行け行け行け！　慎重に行け！」

「援護は任せろぉ！」

「……うっす」

「うん、うん。何だか変な感じだねぇ」

「敵部隊、沈黙を確認！」

「ゴルド、気付いたか？」

ビオの問い掛けに、ゴルドが相槌を打つ。別段、敵が強くなっているわけではない。それなのに、前よりも敵の迎撃に時間がかかっている。

「うん。どうやら規則性を変えてきたみたいだねぇ」

簡単に言えば、元々単調だった敵の攻撃に身体を十分に慣れさせたあと、攻撃のタイミングを不規則に変えてきた。これがビオとゴルドの見解だった。そして、その違和感は奪還部隊のみならず、迎撃・遊撃部隊においても顕著に表れていた。

「こちらトリート。セキュリティシステムに何かあったようだな。遂にデカい奴が現れた。ボス級か。少し派手に行くぞ！」

「エース。ボスならこっちにも出現した」

「フォック。右に同じ」

「カリマ。ウェポンのグレードを上げる」

◇

ファイアウォール周辺。ハッキング部隊の陣営。依然として、敵兵器の起動は妨害できている。通信妨害部隊が一音としてミスをしていない証拠である。しかし、セキュリティ本部の手動介入もまた同様に妨害しているというのに、どういうわけだかセキュリティシステムに変化が生じていた。ボス級が出現しただけではない。明らかに、敵兵の質が向上しているのだ。

それは、敵の情報技術担当による直接的な介入ではなかった。通信妨害の届かない、もっと内部における変更。今この瞬間に、セキュリティのプログラムコードを書き換えているのだ。俗に言う、「オンラインアップデート」。システムを正常に動作させたまま、プログラムを改良する。

もっとも、根本的にコード全てを書き換えることは実にあり得ない行為なのだが。致命的なエラーの一つ、バグの一つでも生み出そうものなら、セキュリティシステム全体が機能停止。ファイアウォールに穴が開いた今、会社のネットワークは無防備状態に陥り、あらゆる機密情報が流出する。文字通り自殺行為。

そのあり得ないオンラインアップデートを可能にしたのが、GGG社《トリプルジー》お抱えのドルフィンである。セキュリティ本部の社員に的確な指示を飛ばし、プログラムコードを書かせ、その全てを自分でデバックしてプログラムに反映させる。そう、書かれた全てのコードに自ら目を通しているのだ。結果、一つのミスもなく無事にアップデートされる。如何に高度情報化社会といえど、並の人間ではない。そんな大それたことを実行しているなどコングは露知らず。後に、その場に居合わせたセキュリティ本部の担当主任は、彼のことをこう語る――。次元が違う、と。一つ上の次元に住む人間である、と。

「駄目だ！　一体抜けた！　遠距離部隊……無理か。近距離部隊に任せた！」

カリマが声を張る。遊撃部隊の兵器で仕留めそこなったボス級の敵が、自陣まで到達するとの連絡だった。ならば、近距離迎撃部隊で撃破するしかない。その武器は、己が肉体一つである。

ドシンドシンと大きな足音を立て、巨人のような敵ヒューマノイドが向かってくる。全長は優に5メートルはあろうか。その前方に立ち塞がるプレイヤーが一人。トリートであることは、言わずもがな。

「図体がデカいだけじゃあ、意味がないことを教えてやろう」

お前が言うか、というツッコミはさて置き。彼は一人で戦う気満々なのだ。正しくは、仲間の助けが借りられない、と言うべきか。それほどまでに事態は切迫していた。敵兵のステータスアップに苦戦していたのだ。

「ここを通すわけにはいかない。通りたければ、私を倒してみろ！」

まずはトリートの先制攻撃。バッと駆け出したかと思えば、一瞬にしてボスの頭の位置まで跳び上がる。彼の十八番《おはこ》。絶対必中の最速空中上段返し攻撃。その絶対必中神話も、今日を以って完結した。

「なっ、ガードされた⁉　デカいだけじゃない……こいつは、素早い！」

返し攻撃。格闘ゲームには、キャラクターの向いている方向がある。基本的には、その方向にしか攻撃できないし、防御もできない。返し攻撃とは、それを逆手に取った攻撃方法である。正面から攻撃すると見せかけて、背面から攻撃を食らわせる。攻撃を受ける相手は、そのまま前方を向いて防御を試みると、防御は失敗に終わる。結果、ダメージを食らう。攻撃が背面からであることを察知し、キャラクターの向きを反転させ、後方を向いて防御をして、初めて防御が成功する。以上が、返し攻撃の方法と、それを防ぐための一連のやり取りである。

ちなみに、今説明したのは最も単純な返し攻撃の話である。格闘ゲームの上位プレイヤー間では、さらなる読み合いがなされるのだ。攻撃方向は前後だけではない。左右、斜め、もしくは真上から。そして、攻撃の高さ。上段、中段、下段。さらに、攻撃の強さ。強攻撃、中攻撃、弱攻撃。また、それが防御可能な打撃技か、防御不能な摑み・投げ技かを見極め、防御もしくは回避を選択しなければならない。先刻のトリートの奥義である返し技は、空中にもかかわらず、実に三回ものフェイントを掛けていた。一流プレイヤーでさえ、正しく反応できずにダメージを受ける。そのはずだったが、このボスには通用しなかった。つまり、一流プレイヤー以上の実力である。

また、ボスはトリートの攻撃をピンポイントでガードした。瞬間、微小ながら攻撃側に隙が生じる。その絶好のチャンスを、奴が見す見す逃すはずもない。トリートは右足を摑まれ、地面へ叩き付けられる。否、この流れはコンボ。流れるような連続攻撃。早急に抜け出さなければ、体力がゼロになるまで延々とダメージを食らう羽目に陥るだろう。

「はぁ！　パンプ・アップ！」

突如、光と共にトリートの筋肉が肥大化した。必殺技発動による、コンボの強制キャンセル。そう、必殺技ゲージがマックスになるまで、十分な数の敵を倒してきたのだ。それを惜しみなく発動する。しかし、この技は禁断の奥義であった。一定時間、自身へのダメージが倍増する代わりに、攻撃力と素早さを増幅させる。諸刃の剣。どうしてその技を発動したのか。もっと順当に、相手に大ダメージを与える必殺技でも良かったのではないだろうか。いや、その必殺技を当てる隙がないと、彼は判断したのだ。ならば、通常攻撃を物理的に当てて倒すのみ。また、トリートにはもう一つの思惑があった。賭けのようなものではあったが、実際のところその通りになった。

「グ……ガ……ガアアァ！」

刹那、ボスもまた身体が膨らむ。パンプ・アップ。トリートの必殺技をコピーしたのだ。セキュリティシステムの質が向上したのは、過去の経験に基づいて学習するからである。その仮説より、必殺技を見せれば、それを学習してコピーするのではないかと考えた。結果、何が起きるか。攻撃力と素早さのアップに加え、相手もまた被ダメージが倍増する。コンボも何も関係ない。先に相手に一撃当てた方の勝ちである。究極の短期決戦のゴングが鳴った！

「くっ、はあぁ！　てやっ！　おらぁ！」

「ガッ……ガガッ……グガアァ！」

双方目まぐるしい攻防。返し攻撃を織り交ぜた上中段同時攻撃かと思えば、足を用いた投げ技に移行し、それが避けられるや否や、リーチの長い回し蹴り、からの宙に跳び上がりサマーソルトキック。お互いに一歩も譲らず、全てを防御・回避し、1ダメージすら与えられない。このままでは、先に必殺技を発動したトリートが、パンプ・アップの制限時間を迎えてしまう。その時点で、素早さがアップしている相手の勝ちは確定となる。そうなる前に決着を付けなければ。

トリートは覚悟を決めた。複雑な技の応酬では決定打に欠ける。ならば、もっと単純な力比べで勝負するしかない。

「次の一撃で決める。来い！」

そう言って、トリートは構えを解く。その両手をだらんと下げた状態は、余りにも無防備。相手は困惑する。それを学習するか、否か。そう、ボスはセキュリティの一端であるにもかかわらず、学習の取捨選択まで可能となっていた。結論として、学び取らない。無防備な相手へ、最速の一撃をお見舞いする。それが奴の出した答えだった。

確かにトリートは構えを解いた。しかし、その状態こそが真なる構えだったのだ。原理としては、居合切りと似たようなものである。究極の脱力状態。そこから一転して、身体のバネを利用した全身全霊の一撃。0から1に加速する、爆発的な緩急。繰り出されるのは音速のジャブ、もとい正拳突き。これまでに幾度となく反復したその型は、一朝一夕で身に付く代物ではない。たとえ究極のセキュリティシステムといえど、それに反応することは不可能だった。

「ふっ！」

トリートの拳が、ボスの下腹部に食い込む。すると、許容ダメージ量を超えて、相手は瞬時に蒸発した。

「はぁ、はぁ……なかなか骨のある奴だった。だが、相手が悪かったな。残念ながら、私は最強なんだ」

◇

地上の敵が強化されたのならば、空中の敵もまた強化されるのが道理である。エースとフォックの兄弟は、仲間たちからのＳＯＳに振り回されていた。

「エース！　油断した！　後ろにつかれた！」

「フォック！　後ろの敵を何とかしてくれ！」

その都度、仲間のフォローに入る。このままでは戦線が押し返されてしまう。

「弟よ。そろそろモードチェンジしようかと思うんだが」

「奇遇だね、兄さん。俺も今、同じことを思っていたよ」

「全機！」

「モードチェンジ！」

掛け声と同時に、遠距離迎撃部隊の全員がボタンを押す。すると、戦闘機が変形を始める。主翼が、尾翼が、ボディが、全く別のものへと変貌を遂げたのだ。そこに、元の多目的型防空戦闘機の姿は微塵もない。八機のステルス戦闘機のお披露目である。ゲーム内でもトップの機体として名高い、超ハイスペック攻撃機。彼らが本気を出した証拠。

本機体の特徴は、軒並み高いステータス値もさることながら、極めてステルス性が高い点にある。発見され難く、レーダーにも映らない。エネルギー消費量が高く、持続可能時間が限られている点にさえ目を瞑れば、間違いなく最強の機体。

序盤は敵の攻撃をわざと引き付けるために、防空戦闘機を使用していた。その後、モードチェンジにより戦闘スタイルを一変。拠点を攻撃される前に、根こそぎ殲滅する作戦に打って出た。敵のレーダーに捉えられなければ、執拗に追い掛け回されて攻撃を受けることもない。先に敵を発見して先制攻撃を仕掛ければ、撃墜数は飛躍的に伸びるだろう。事実、その通りとなった。これを機に戦線を押し上げた。

「ところで、あれはどうする？」

「どうしようか、あれ？」

兄弟の言う「あれ」とは、やはりボスであった。空に浮かぶ巨大な空母。もとい、宇宙戦艦という表現の方がしっくりくるか。とにかく、謎の巨大飛行物体が姿を現していた。

「思ったんだけどな、兄さん」

「言いたいことは分かるぞ、弟よ」

「あれを倒したら」

「敵機の増加が止まる」

「それはつまり」

「ステージクリア」

兄弟が発言した通り、そのボス級の機体からは敵機が放出されていた。ならば、ここから先の展開はすでに分かり切っている。現在、お互いのチーム撃墜数は同数なのだから。

「先にあの宇宙戦艦を！」

「撃破した方の勝ちだ！」

二手に分かれてボスの宇宙戦艦へと接近を果たす。と、その途中で二人は気付く。ボスの周囲にバリアが張られている事実に。これではダメージを与えられない。したがって、撃破できない。兄弟喧嘩は引き分けに終わるのだろうか。まさか、そんなことはない。こういう場合は、何らかのギミックによって解除できると相場が決まっているのだ。それを先に見つけ出した方の勝ちである。

兄のエースが率いるチームは、地上のアンテナではないかと踏んだ。周囲に存在する無数の建物から伸びるアンテナのような物体に、絨毯爆撃を仕掛ける。

「編隊横一列！　行くぞ！　ホットカーペット！」

四機は燃料気化爆弾を投下し、アンテナの破壊を試みる。結果、特に何も起きなかった。これは間違い。

弟のフォックが率いるチームは、バリアのどこかに穴があるのではないかと踏んだ。もしくは薄い箇所が。そこで、バリアの外側に万遍なく砲撃を浴びせる。

「散開！　行け！　ディヴィジョンガン！」

四機から発射された弾丸は、衝突するまで無数に分裂を繰り返し、ショットガンのように広範囲を攻撃する。これも違うようだ。

二人が気付いたのは、ほぼ同時だった。発想の転換である。バリアが存在するのならば、それを破壊、もしくは解除して突破するという固定観念に支配されていた。しかし、それだけが解決法ではない。バリアが存在しようと、敵の戦闘機はそれを擦り抜けてくるのだ。敵機にはバリアの効果が干渉しない。その事実に気付いた。

ならば、どうするか。敵の戦闘機を奪う？　そんな面倒なことはしない。要は、敵機になり済ませばいいのだ。

「みんな、援護は頼んだ」

「俺は奴を破壊しに行く」

どのように敵機になり済ますか。敵機が補給のため外から中へバリアを通過する瞬間に、ぴったりと張り付いていれば万事解決。敵機の上か、もしくは下に。言うのは簡単であるが、実際に行うのは至難の業である。音速を超える速度の戦闘機が、お互いに近付くとどうなるか。そもそも、音速の壁を突破した時点で衝撃波が生まれるのだ。衝撃波と衝撃波の干渉。すると、機体が尋常でなく揺れる、揺れる。そんな三次元の振動状態で、機体の方向と姿勢をコントロールさせながら、敵機の動きを予測してぴったり張り付く。どうだろうか。実に困難である。たとえそれがゲームであろうと。加えて、一歩間違えれば敵機と衝突、もしくはバリアに激突してゲームオーバー。そんな命知らずの馬鹿げた行為をするプレイヤーが、いったいどこにいるというのだろうか。

なんと、ここにいた。同時に二人も。それは単なる意地と意地のぶつかり合いであった。兄弟喧嘩の延長線上。お互いに、絶対に負けたくない。その結果、無謀とも思えるバリアへの突入行為に挑戦し、難なくクリアしてしまった。内部にさえ入れば勝ったも同然。定石通りに繋ぎ目を攻撃し、外部の装甲を剝がし、排熱口の中に特大の一発。

「スーパー・フレア」

「プラズマ・キャノン」

ここでまさかの決戦兵器。戦艦はなす術なく大爆発と共に崩れ去る。

「よし、勝った！」

「俺たちの勝利だ！」

「いや、俺の勝ちだ」

「いやいや、俺の方が速かった」

未だに二人の勝負が決まらない。かと思えば、遠くから次なる敵軍が押し寄せてきた。そう、第二の宇宙戦艦である。

「なら今度はあれを！」

「倒した方の勝利だ！」

兄弟喧嘩は、まだまだ終わらない。

◇

一方、通信妨害部隊は今のところ順調であった。あくまで強化・アップデートされたのはセキュリティシステムの基盤である。この部隊は今までと同レベルのプレイを維持し続ければ、役割を果たせるのだ。誰かが気を緩めてミスをしない限りは。すでにプレイ時間は一時間を軽く超えていた。

「しまった！」

その声は、近距離迎撃部隊のメンバーが発したものであった。一体の敵を取り零した。陣地への侵入を許してしまったのだ。通信妨害部隊のメンバーを凶刃が襲う！

「きゃあ⁉」

ところが、その攻撃がメンバーへ到達する前に、敵は一瞬で崩れ落ちる。トリートがすかさずフォローに入ったのだ。

「気を抜くな！」

「すいませんっ！」

さっきまで遠くにいたはずなのに。いつの間に戻ってきたのか。

「バーディー、大丈夫か⁉」

「あっ、ありがとう……」

レヴォが緑髪でツインテールのアバターに声を掛ける。決して下心はない。部隊長としてメンバーを心配しているだけ。見たところ、彼女に外傷《ダメージ》は無さそうだ。トリートのフォローが間に合った。

「わっ、私は……大丈夫……」

「今、何て言った？」

彼女の言葉に、レヴォは耳を疑った。私は、と言ったのか。私は、大丈夫。ならばいったい何が駄目なのか。それはすでに確信に近かった。しかし、思わず聞き返してしまった。

「ごめんなさい……一音、ミスしちゃって……」

「何だって⁉」

たった一音のミス。つまり、一瞬であれ通信妨害が遮断されたことを意味する。そこから考えられる最悪の事象とは。何らかの一つの命令が、通信により下された可能性があるのだ。手動操作による指示か、レールガンの発動か、もしくは……。

瞬間、全員に緊急通信が入る。

「こちらカリマ。中枢施設から何かが出てきた。あれは……ＩＣＢＭ！　大陸間弾道ミサイルだ！」

レールガンの発射指示ではない。ミサイルの発射指示であった。状況は最悪ではなかったが、十分に悪い。その狙いは陣営以外に考えられない。どうにか遠距離部隊に撃ち落としてもらうか。それが不可能なら、陣営を放棄して逃げるしかない。ただ、逃げるのであれば今すぐでなければ間に合わない。どうする……。

レヴォは決断を迷う。そこに救いの一声が。

「なあ、あれは撃ち落としても構わないんだろう？」

「カリマ！　できるのか⁉」

「自信はある」

「ならば頼んだ！」

「あい、分かった。頼まれた」

間を置かずにミサイルは発射された。果たして、輸送遊撃部隊がそれをどのようにして撃ち落とすつもりなのか。対ミサイル兵器でもマシンに積んでいるのか。残念ながら、さすがにそんな大掛かりなものは積んでいない。カリマの考えはもっと単純だった。

「あーあ、折角のマシンなんだけどなぁ……」

ミサイルと並行して猛加速を始める。ミサイルの真下に、カリマのマシンが位置している。いったい、何が飛び出すのか。

「発射！　ジャンプ台！」

マシンの前方に三角柱の物体が射出される。これはジャンプ台である。猛スピードを保ったまま、マシンはそれに突入。結果、カリマは空を飛んだ。今、レースゲームのマシンが、あろうことか空を飛んでいた。誰もがその光景に言葉を失う。

そう、マシン自らを衝突させて、ミサイルを防ぐ作戦だった！

「カリマアアアァ！」

「緊急脱出！」

　カリマは座席と一緒に、マシンから発射される。間髪入れず、第二のマシンを展開。空中でそれに飛び乗り、無事に着地を果たす。直後、空中で大爆発。

「あー勿体ない！　あとでビオに請求してやる！」

　身体を張ってミサイルは防いだ。カリマのお気に入りのマシンを尊い犠牲として。全く、惜しい奴を亡くした。

◇

　奪還部隊の状況は無線により誰もが把握できている。ならば逆もまた然り。中枢施設の外部で繰り広げられる攻防もまた、奪還部隊には筒抜けである。

「どうやら、あまり猶予は無いかもしれない。つまり、全ては僕たち、奪還部隊の迅速な任務遂行に懸かっている。急いで第三の扉を見つけるぞ」

　ビオはそうは言ったものの、急げば簡単に見つかるものでもない。どれだけ任務遂行時間を短縮できるかは、運に依るところが大きかった。そのはずだったが……。

「うん。見つけた」

「本当か！　早いな！」

またもゴルドが大活躍。ソリードのドローンはほとんど出番がなかった。だが、それにしても発見が早過ぎる。これは、まさか……。

「なーに考えてんだ。見つけたなら、行くしかないだろ。たとえそれが罠であっても」

「ドムの言う通りだ。みんな、心して掛かれ！」

果たして、これは罠であるのか。辿り着いたのは、とても広い空間。いや、横幅の広い一本道。そこでわらわらと群がる敵の集団の向こう側。300メートル先に見えるのは、紛うことなく第三の扉。明らかに怪しい。誰がどう考えても罠だろう。

「仕方ない……ここで使うか。特殊コードBを発令する！」

「待ってたぜぇ！　コードB、武器制限解除ぉ！　俺の後ろに立つなよぉ！」

アースが叫ぶ。彼のお気に入りの武器がモードチェンジし、一つの巨大な砲へと変貌を遂げた。それをがっしりと両手で抱え、前方へ向き直る。メンバーの誰もがその軌道上と、彼の背後を避ける。破壊神アースの十八番、決戦兵器『荷電粒子砲』である。

「うおおおおぉ！　ファイアアアアァ！」

眩い光の束が発射された。いつも以上に眩しい。まさにエネルギーの塊。その発射と同時に、反動でアース自身が吹き飛ばされぬよう、背中に取り付けたエンジン装置から後方へ巨大バーナーが噴射される。光が収まったその先に広がる光景は、全てを焼き尽くした跡。そして、傷一つとして付いていない、300メートル先の壁と扉。

「ステルス、起動《オン》！　行くぞ！」

全てを消し去った代償。それは視界が良好になったため、遠方から狙撃されやすいこと。その問題に対処すべく、メンバー全員が完全光学迷彩を起動させる。何人たりとも、AIや、熱源探知機や、各種センサでさえ、彼らを捉えることはできなくなった。これで無事に扉まで到達できる。そう思われた。

そろり、そろりと、音も立てず慎重に歩みを進める。迷彩の起動時間には制限こそあれ、300メートル程度の移動であれば十分に持つ。

それは、200メートルほど進んだ時のことだった。予想外の異常が起きた。ボンという音と共に、奥から何かが飛んできたのだ。ビオは反射的に解析する。その正体は――。

「ハイグレネードだ！　跳べ！」

ビオの合図と同時に全員が前方へ跳ぶ。直後、後方からの爆風でより一層吹き飛ばされる。普通のグレネード弾とは比較にならない威力。それを間一髪で避けたが、無傷とまでは行かなかった。さらに、第二、第三撃が部隊を襲う。

「物理防壁レベル3『イージス』、起動《オン》！」

今の一連の流れで完全に居場所がバレた。それに、ダメージを受けた時点で光学迷彩の効果は強制終了した。さらなる集中砲火を防ぐため、咄嗟に奥の手である物理防壁を発動する。まさか、こんなところで使うことになるとは。何とも勿体ないが、そうも言っていられない状況だった。

「衛生兵！」

サポートのアラヤが応急処置キットを展開。すぐさま怪我を処置し、メンバーの情報の流出は止まった。しかし、すでに何かしらの情報は抜き取られてしまったと考えられる。少なくともレベル2までの範囲から。ただ、そこから個人を特定するには至らないだろう。ビオはメンバーの顔を見回す。その誰もが焦りの表情を浮かべている。時間がない。全ての攻撃を吸収する防壁にもダメージ許容量があるのだ。

「確実に僕たちを狙ってきた。どうして居場所がバレた！　これは完全光学迷彩だろ？」

「うーん……全く分からない……」

さすがのプロフェッサー・ゴルドにも、その理由が分からなかった。

「うーん……強いて可能性を挙げるならば、うん。内通者がいるとか？」

「そんな……バカな！」

「仲間だと思っていたのに！」

「はっ、俺は信じねぇぞ！」

「……うっす」

「うん。あくまで可能性の一つだ」

「ぼ、ぼぼ、僕じゃないって」

全員が一斉に顔を見合わせる。まさか、チーム：ゼータの中に犯人《ホシ》がいて、敵に居場所を密告《タレコミ》したと。いや、いくらなんでもこの中に裏切り者がいるとは考えにくい。もっと何か、別の手を使ってきたはず。防壁も限界が近い。恐らくあと二分すら持たない。深く考えている余裕はなさそうだ。一か八か、全員で散開して飛び出すしかないのか。

「誰だ……？」

突然のドムの低い声に、アラヤがビクッとなる。咄嗟にビオがなだめる。

「おい、待て。内通者がいると決まったわけじゃ……」

「違う。今、狙われたのは誰だ？」

グレネードは一番後ろで爆発した。だから、辛うじて全員が助かった。その時、殿《しんがり》を務めていたのは。展開した武器を元に戻す作業で遅くなり、最後尾になった——アース。

「俺のせいだって言うのか？」

否、アースのせいではない。潜入スパイなんて器用な真似ができる人間じゃない。もっと外的な要因。アース自身ではないが、彼の位置情報を伝えるもの。例えば、アースの身に着けている何か……待てよ。グレネードはアースの後ろで破裂した。そして、彼が背負っている巨大な砲身……。ビオの脳裏に閃光が走る。

「なぁ、ゴルド。前に拾った……高純度マグネサイト。あれは、どうした？」

「うん？　そりゃあ、アースが持っている、そのデカい得物の強化に使ったさ。ついさっきお披露目した通り、あれが生まれ変わった新ウェポンの正体さ。うん」

「それだ。アース、今すぐ、その武器を放り投げろ！」

「はぁ⁉　こいつは俺の命の次に大事な……」

「命が大事なら！　放り投げろ！」

あまりの剣幕に、あろうことか、アースは命の次に大事な武器を背後に放り投げる。

「今だ！　扉まで走れ！」

ビオの合図と同時に防壁が消え、全員が脱兎の如く走り出す。その後方で、集中砲火を受けるウェポンには目もくれず。結果——無事に扉まで辿り着いた！　まずは、奥に隠れていた固定砲台を全て破壊。安全を確保した上で、解除装置を扉に貼り付け、陣形を整える。

「第三の扉を頼む！」

「了解……」

どうにかパス解除部隊まで取り次ぐことができた。これで一安心。

「なぁ、いったい全体どういうことだ？」

　ドムの問い掛けに。ビオが答える。

「つまり、あの鉱石が事前に仕掛けられた罠だったんだよ！　多分、すでに電脳空間の至るところに仕掛けられていると思う。知っての通り、ANOTHER外のミッションで獲得できる鉱石とは、革新的なプログラムコードの一部が具現化したものだ。プログラムに精通した人間であれば、逆にそれを創り出すことも不可能ではない。細工を施した鉱石をばらまき、仮想世界へと持ち込ませる。あれほどレアな鉱石だ。持ち帰って武器や防具の強化に使わないはずがないだろう。その中には、位置情報発信システムが組み込まれているとも知らずに」

「うん。確かに、理論上は十分に可能。我々の位置がバレたのも納得できる。だが、どうして気付いた？」

「レア鉱石の取得確率はミッションの難易度に比例する。前のミッションは縛りプレイをしていたから、そこまで高難度なミッションではなかった。ところで、あのレベルのステージで最上級鉱石が拾える確率は？」

「うん、なるほど。０・００３パーセント」

「そう、ほぼあり得ない！　しかし、アースには申し訳ないことをした……」

「……いいんだ。恨んじゃいない。ビオの判断が正しい。命あっての物種だ」

　その時、パス解除部隊から連絡が入る。まさか、もう解除したのか。いや、そうではなかった。

第三の扉の解除担当、ボルブが言葉を紡ぐ。

「お取り込み中に失礼……パス解除の……準備はまだか……？」

Log out…

ドルフィンには絶対的な自信があった。これまでに、その仕掛けを見破られたことは一度たりともなかった。まさか、そこまで頭の回る奴がこんなゲーム如きに存在するとは。内心では驚いていたものの、表情には出さない。驚きの表情を隠せていないのはコングだけである。

「おいおい、マジかぁ……そこに気付くか、普通……。ビオ、消しておくべきだな」

「ああっ！　このままでは第三の扉がっ！　ああっ！」

「ったく……耳元で五月蝿い……。あ、そうだ。さっき、リーダー格にダメージを与えたろ？　その時、面白い情報が抜き取れたんだぁ……」

ドルフィンが画面を指差す。それを確認して、コングは目を見開く。その情報とは……。

『二〇四五・〇四・二五　購入品：キャットフード一箱　発送先：ニューアメリカ』

「はっ？　ANOTHER内での買い物の履歴だぁ？　発送先も国名しか分からないじゃないか！　その程度の情報では、奴の住所すら割り出せん！」

「違う違う。買った物を見てみろよ。キャットフードだ。このリーダーのビオって奴はぁ……猫を飼っている」

「それがどうした？」

「まぁ、見てなって……」

Log in…

パス解除の準備は、と問われた。それならばとっくに準備完了して、解除をお願いしたばかりである。どこかで情報の行き違いがあったのか。まさか、また第三者が無線に介入……これだけ頻繁に周波数を変更しているのだ。不可能だと信じたい。準備を終えたつもりが、実は準備できていなかった。そして、その非は奪還部隊にあるという口ぶり。おかしい。何かを忘れているような。

第二の扉のことが思い起こされる。扉に到達する前に何があった。何がいた。

「全員散開！　扉から離れろ！」

ビオの指示に従い、メンバーがその場から駆け出す。すると、正体がバレたことに観念したのか。ぐにゃりと扉が変形する。それは扉のようで、扉ではなかった。敵が擬態していたのだ。多分、奪還部隊のメンバー全員が扉に近付いたところで、一網打尽にしてやろうと画策していたのだろう。だが、その企みは失敗に終わった。

第二の扉へ到達する前にあった出来事。そう、ボス戦である。つまり、奴こそが第三の扉のガーディアンにして、このフロアのボスなのだろう。変形した身体は人型に変わる。その大きさも、人間と同サイズである。ビオは確信した。このボスは確実に強いと。今回のボスは一体であれ、前のボス三体以上の実力を秘めていると、これまでの経験から察していた。ゲーマーならば理解できる。平たく言えば、デフォルトの形状が人間の姿に限りなく近い大ボスは、最強クラスの実力を誇っている。間違いない。

それを肯定するかのように、ボスは胸に貼り付いたパス解除装置を粉々に磨り潰す。いや、装置は予備があるから問題ない。問題なのは、その膂力《りょりょく》。明らかに人間の範疇を超えている。一度でも奴の手に捕まったら最後、決して無事では済まされないだろう。加えて、自由自在に変形可能なボディ。今現在は銀色である。液体金属のようなその身体は、確実に丈夫な素材で出来ている。アースの荷電粒子砲でも傷一つ付かない程度には。それが意味することは、正攻法で攻略できる相手ではない。

「なぁ、これ……ちょっとヤバイ感じ？」

「口を閉じろ、ドム。それどころじゃない」

ビオの言葉から、部隊に緊張が走る。誰もが敵の脅威を悟った。まさに、一触即発の状態。ただ、全く勝機が無いわけではない。絶対的にダメージが通らない敵と対峙した経験は、過去にもあった。そうだ、落ち着け。まずは冷静に行動パターンを解析する。そのためには……誰かが囮《おとり》になる必要がある。

Log out…

創世機構《ジェネシステム》でハッキングなどをやらかす人物は、大抵がスリル狂である。心のどこかで、強敵との戦闘における生死のスリルを楽しんでいるのだ。そう、このゲームは実際に生死が懸かっている。ゲームオーバーになることで、社会的な死が待ち受けているのだ。

その人物も、例に漏れずスリル狂であった。場所はニューアメリカから地球の反対側。今度は北半球に位置する国。ゲーム大国の日本である。

青年は最新鋭のゲーミング装置を一式取り揃えて、プレイに興じていた。何というギリギリの攻防戦。怒濤の展開。思い掛けない気付き。その都度、下される的確な判断。とてもじゃないが、現実世界では味わうこともできない。脳が震える。本当に、このチームに加入できて良かった。まるで崇拝にも似たその思考は、すでに麻痺しているのかもしれない。

ところで、ゲームにのめり込んだ人間の共通点。それは、現実世界における生活がおざなりになること。一人暮らしならば、まだ問題は少ないかもしれない。だが、実家暮らしだとしたら――そうなることは必然であった。

「こら！　タカシ！　いつまでゲームしてるの⁉　晩ご飯も食べないで……もう夜中の十時よ！静かにしなさい！」

「う、嘘だろ……まさか、こんな時に限って……」

彼の部屋に堂々と入ってきた一人の人間。そう、全てのゲームに共通する圧倒的な天敵。ラスボス以上の存在。母親である！

「聞いてるの⁉　それ以上ゲームをやめないんだったら……コンセント抜くからね！」

「あっ、待って！　本当に今だけは！　今だけは勘弁してください！　コンセントだけは勘弁してください！　ああっ！　やめて！　コンセントだけは！」

◇

まだか。まだ開かないのか。開け……早く開け……。そう念じているうちに、いつの間にかゲートが開いた。やった！　開いたぞ！　一目散に潜り抜ける。そこから先は、いつも通りさまざまな物体が散乱した世界。軽快な足取りで歩みを進める。
ここまで来れば、ゴールはすぐ目の前である。もう少しでミッション完了。一気に目的地まで駆け上がる。

Log in…

ボスとの戦闘は熾烈を極めた。しかし、世界最強の傭兵集団の前には、敵ではなかった。傍から見れば防戦一方のようで、奪還部隊は着実に敵の分析をしていた。まず、ダメージが通らないことは予想通りである。そして、何者かによる操作ではなく、自律型のヒューマノイド。攻撃行動を分析することで、ある程度の予測が可能となる。また、自律しているとはいえ、奴の役割はあくまで扉の守護。扉を中心として一定範囲の行動制限が設けられていた。したがって、無事に扉を通過すれば追って来ないだろう。無理に倒す必要はない。ダメージを与えるのではなく、行動を封じる方針に作戦を転換した。
一口に行動を封じると言っても、多種多様な方法が考えられる。冷却、接着、凍結、密閉。今回はそのどれでもない。敵の行動条件の裏を突いた策。具体的には、攻撃の優先権を逆手に取ったのだ。

例えば、ボスから同じ距離を保って二人組と三人組が存在した場合。ボスは三人組の方を優先して攻撃する。また、同じ二人組が二つ存在しても、ボスから距離の近い方が優先される。逆に言えば、距離と人数を調整することで、ある程度ボスの行動を思い通りに操ることが可能なのだ。その正確な攻撃優先条件を炙り出すことに成功したのである。

結果的に、メンバー五人が囮となってボスをドアから引き離し、一人がボスのターゲットとならない位置まで扉に近付き、解除装置を扉の前で静止させる。扉に貼り付けてはならない。何らかの物体が扉に貼り付くことと、攻撃対象がロックされた扉に近付くことは、攻撃優先条件の上書きに繋がる。最優先で攻撃されるというわけだ。逆にそれさえ分かっていれば、どうにでも対処できる。まず、長い棒の代わりに、全長が最も長いスナイパーライフルの先端に解除装置を括りつけて、扉の前で静止させる。この役はドムが買って出た。あとはパス解除部隊の開錠完了報告を待つのみ。ドローンで扉の前まで装置を運ぶという案もあったが、どうやらドローン自体も攻撃対象となってしまうらしく却下された。

ボスの攻撃パターンは全部で三十二通り。それら動きの全てを頭に叩き込めば、初動から予測して回避することは容易である。彼らは一級のゲーマーなのだ。その程度の情報など短時間で正確に記憶できる。開錠されるまで、五人で延々と攻撃を躱《かわ》し続ける。ただそれだけの、簡単な作業のはずだった。その瞬間が訪れるまでは。


ビオはメンバーの一人の異常を察知した。

「おい、アラヤ！　大丈夫か？」

「ああっ！　やめて！　コンセントだけは！　母ちゃん！　やめて！」

全てを察したメンバーたちの顔が曇る。これは本格的にヤバイかもしれない。しかし、どうすることもできない。少し経って、その時は来た。

ブツン。何かが切れるような音を立て、アラヤが消滅。強制ログアウトである！

「そ、そんな……マジかよ……何て母親だ……」

ビオとメンバーたちは悲しみに暮れる。仮に母親と和解してゲームに復帰しようとも、始まりは再度ホーム画面から。もう取り返しが付かない。唯一の例外を除いて……。

『三十秒ルール』という専門用語が存在する。これはちょっとしたバグやエラー、通信障害によりANOTHERや創世機構《ジェネシステム》との通信が切断されても、三十秒以内に接続し直せば、アバターを元の位置情報に合わせて復元させるという救済措置である。ただし、即時復帰はできない。再びアバターとして出現するには一、二分ほどの所要時間を見積もるべきだろう。

もっとも、三十秒も通信が途切れることなど今では滅多にない。ANOTHERが創られた初期に出来た救済措置であり、今もなお残っている昔ながらのルールである。簡潔に言えば、アラヤは今から三十秒以内にコンセントを差し直し、ゲームの電源を再びオンにできれば、元通りに復帰するのだ。それが実現するかどうかは、全て現実世界における彼の交渉能力と、母親との関係性次第。

だが、課題は他にもある。囮の人数が減ってしまった。このままではドムの方へ攻撃優先条件が変更されてしまう。それだけは避けなければならない。したがって、これから採るべき行動はボスへ近付くこと。人数が減った分は距離で攻撃優先条件をカバーする。大丈夫だ、問題ない。今まで以上に頑張って躱し続ければいいのだ。僕たちならできる。

「距離を詰めるぞ！　集中しろ！」

「了解！」

ビオの合図で残る三人がボスへと接近する。アラヤが戻ってくるか、扉が開錠されるか。それまで集中を切らさず、回避行動に徹する。

その時、ビオの耳はウィーンという微かな音を拾っていた。何だ、この音は。どこかで聞いたことのある駆動音。いったいどこで……？

数秒後、背中に妙な違和感を覚える。これはヤバイ。全身で最大の危機を感じた。

「おい、ピート！　こら！　ストップ！」

「どうしたビオまで！　まさか、お前も実家暮らしか⁉」

「違う……猫だ！　現実世界で……攻撃を受けている……猫に！」

「ちゃんとケージに入れておけよ！」

ドムから盛大に突っ込まれるが、それに反応している場合ではない。次なる敵の攻撃が迫っているのだ。鞭のような足払い。タイミングを合わせてジャンプで躱す。だが、ピートは背中から降りてくれない。そもそも、今回ばかりは前の教訓を活かしてちゃんとケージに入れておいたはず。なのに、どうして……。

突然、ノイドから全体緊急連絡が入る。

「ビオだけではありません！　ニュース速報！　ニューアメリカ中で猫が脱走しています！　ケージが勝手にオープンしているそうです！　繰り返します！　ニューアメリカで猫を飼っている人は要注意です！」

反応は芳《かんば》しくない。つまり、全部隊四十人中、該当する人物はビオだけであった。こんなことをして何になる。いや、実際のところピンチに陥っているのだが。労力に対するメリットが見合わない。多分、牽制を込めた遊びのつもりだろう。そういえば噂に聞いたことがある。GGG《トリプルジー》社は、社内で専任のお抱えハッカーを雇っていると。ビオは今回の敵の強大さを改めて認識した。

そして、ボスの次なる攻撃。待て、この初動は何の攻撃だったか。集中力が途切れてしまった。避け切れない！　ピート、お前のせいだぞ！　どうして背中に登ってくるんだ。背中なんかに……。

まさか、今この瞬間、原因に思い当たるとは。咄嗟にビオは両肩に手を回す。仮想世界では何てことのない仕草。しかし、現実世界ではどうか。左右ワンタッチずつで、一瞬にして位置補助具が取り外された。そう、これこそがピートの目的だったのだ！

天井から吊り下がった、ブランブランと揺れ動く紐。こんなにも猫の本能を刺激する物体は、なかなか存在しないだろう。そして、その器具はすでに身体から外した。直後、背中の違和感が無くなる。ピートは嬉々として、ぶら下がった位置補助具に跳び付いたのだろう。これで現実世界の問題は解決。だが、ボスの攻撃を避けられるかは全く別の問題である。駄目だ、回避不可能。レベル3か、最悪の場合にはレベル4のダメージを覚悟した。

「ビオ！」

メンバーの叫び声が聞こえる。僕がリタイアしたら、渋々ゴルドか、率先してドムが皆を率いてくれることだろう。そんなことを考えていた。

――ジュッ！

予想に反して、敵の攻撃は直撃しなかった。ビオの身体を掠めるだけで済んだ。攻撃軌道が途中で変わり、間一髪で助かった。でも、いったいどうして……。

「遅くなった！　時間ギリギリ！　アラヤ、ただいま復帰しました！」

「アラヤ！　お帰り！　助かった！」

突然の攻撃対象の出現。結果、攻撃優先条件が更新された。それ故の、攻撃軌道の急変化であった。こればかりはアラヤと、その母親に感謝である。

しかし、ボスの追撃は止まらない。扉の開錠はまだなのか。体勢を持ち直したとはいえ、ダメージを負ってしまった。たとえレベル2のダメージでも、早急に措置しなければ重大な個人情報が抜き取られてしまう恐れがある。そうなったら、今度は何をしてくるか分かったものではない。

おそらく、猫大脱走の比ではないだろう。

そんなビオの窮地を救ったのは、ゴルドでも、アースでも、アラヤでも、ましてやドムでもない。ソリードであった。

「……うっす！」

急に、ビオは襟首をぐいっと後ろに引っ張られる。それはソリードの手であった。一旦この場から離脱しろという意味か。それではドムが攻撃対象となってしまう。すると最悪の場合、扉の開錠はまた一からやり直し。任務遂行完了には時間が足りないだろう。何か策があるのか。ソリードは教えてくれない。ならば、彼を信じるしかない。

ビオとソリードは敵の行動範囲外へと離脱する。同時に、ビオは自身の応急処置を開始。一方のソリードはいったい何をしているのか。その場に座って一切身体を動かさず、手に持った操縦機《リモコン》を操作している。ドローンを動かしているのだ。しかも、二台同時に。そうか、そういうことか！

今回のボスは、プレイヤーのみならずドローンも攻撃対象として扱う。どういうわけだか、奴はアバターとドローンの明確な区別ができていないのだ。いや、区別はできている。ただ、移動する物体全てを攻撃対象と認識しているのだろう。ならば、ドローンでアバターの代理をすることが可能なのだ。今この瞬間、ビオとソリードに代わって二台のドローンがボスの攻撃を躱し続けていた。

「お前……天才か！」

「……うっす」

ドローンの操作に慣れてくると、ソリードは三台、四台と数を増やしていく。そのたびにメンバーが離脱。最終的に六台のドローンを同時に操作する境地にまで至った。並の精密動作と集中力ではない。

　ここからは滞りなく事が運んだ。ソリードが操作するドローンに、ゴルドが自律プログラムを付加。全自動でボスの攻撃を観測し、条件分岐により導き出された回避行動に移る。さらに、ドローンは人間と違って疲れ知らず。結果、六台のドローンをボスが追い回すという、永久機関の完成である。第三者が近付かなければ、決して均衡は崩れない。完全に行動を封じた。これぞ本当の完封勝利。

「そういえば、アラヤはもう大丈夫なのか？」

「大丈夫！　うちの母ちゃんなら、しばらく戻ってこない」

　その言葉を聞いて、ビオはとても意味ありげに感じた。

「戻ってこない？　和解したんじゃないのか？」

「あの状態の母ちゃんと三十秒以内に仲直りなんて無理無理！　だから、こう言ってやったんだ。そういえば先週、父ちゃんが若い女性と仲良く歩いてるのを見たんだけど、あれは何だったのかなぁ……ってさ！」

「な、なるほど」

　母親の怒りの矛先を、自分から別の人物へと向けたのだ。その咄嗟の機転は評価に値するが、なんというか、まぁ……アラヤの父親にはとても申し訳ないことをした。まさか、ゲームのために肉親を売ってしまうとは。アラヤの将来が心配だ。いや、ここまでゲームに熱中している時点で、もう手遅れか。

「第三の扉……開錠！」

遂に念願の解除連絡が入った。ボスの行動を刺激しないよう迂回し、全員で一斉に最後の扉を潜り抜ける。そうそう、解除装置を扉の隙間に滑り込ませることも忘れずに。帰還時にも扉が開いていなければならないのだ。パス解除部隊にはまだまだ活躍してもらう必要がある。

案の定、ボスは一定範囲を越えて追って来なかった。

「全ての防壁を突破したぞ！」

ビオの叫びに、チーム全員から歓声が上がる。あとは目的地のルート4深層の部屋まで一本道。ゴールはすぐ目の前である。六人は駆け出した。

Log out…

「ははは っ！　見たかよ、あの驚きよう！　まさか飼い猫に邪魔されるとは……夢にも思ってなかった！　そんな顔！　これは傑作だろぉ？　あー、ウケる……」

一人で爆笑するドルフィンを尻目に、コングは青い顔で画面を凝視する。まさか、これだけのためにニューアメリカ中のペット飼育可能住居や、ペット関連会社をハッキングしたというのか！

その発信源がGGG社《トリプルジー》だと特定されたら……そんなへまはしないだろうが、万が一特定されたら……。コングは気が気ではなかった。我が社は相当ヤバイ奴を抱えてしまったのでは。それを後悔するには遅過ぎる。

「さてと、最終仕上げだ。まーた、良い情報が手に入ったぁ……。これでビオは完全終了。では、これより僕は神となり、人類の選別を開始する」

Log in…

ここへ到達するまでに、奪還部隊に大きな被害は無かった。最もダメージを受けたビオとアースですら、最大被害状況は辛うじてレベル2である。レベル3以上のダメージは無かった。それでも、レベル3以上の情報が流出していない理由にはならない。流出する情報の重要度は、受けたダメージの深刻度に比例する傾向にある。そう、あくまで傾向なのだ。

重要情報の流出を防ぐ対策として、アバターに無駄な情報を大量に突っ込むという裏技がある。無論、創世機構《ジェネシステム》のウィザード・モードをプレイする誰もが、その裏技を実施している。俗に言う、体力ゲージの限界突破。しかし、完全に防ぐことはできない。

ビオは自身のアバターを参照し、これまでに抜き取られた情報を確認した。結果、運の悪いことにレベル３相当の情報が流出していることに気付いた。つまり、ＡＮＯＴＨＥＲ内での詳細な行動情報、もしくは登録した大まかな個人情報。それを敵のハッカーが握ったとして、いったい何が起こるのか。ビオの想像を絶する大惨事の幕開けであった。

Log out…

『緊急速報！　緊急速報！　現在、ニューアメリカのヒューゴ州、ネピュラ州の一部地域にて大規模停電が発生しております。原因はニューアメリカ第八総合発電所の緊急停止の模様。該当地域にお住まいの方々は十分にご注意ください。繰り返します。現在、ニューアメリカの一部で大規模停電が……』

Log in…

奪還部隊は通路を駆け下りていた。最終関門とあって、最後の部屋までの道中は壮絶な猛攻である。それらを難なく凌ぎ、遂に到着した。マップの目標位置情報も、その場所を示している。あの扉の先が目的地。さすがに今回ばかりは何の変哲もない扉である。あそこを潜り抜ければ、奪還目標のＡＩがいるはずなのだ。

扉に手を掛けようとした瞬間、異常事態が発生する。まるで巨大な地震のように、世界全体が揺らぎ始めた。それは数秒と経たずに収まる。今の衝撃は何だったのか。ビオは部隊のメンバーを確認するが、全員無事である。

だが、無事なのは奪還部隊に限った話だった。突如、全体緊急連絡のアラートが鳴り響く。一つではない。全ての部隊から一斉に。この作戦チームに何が起こっているのか。

「こちらビオ！　何があった！　状況を報告せよ！」

ガガガ、というノイズ音のあと、報告が一斉に流れ込む。

「トリート！　我が迎撃メンバーが一人、強制ログアウト！」

「こちらエース！　うちは大丈夫だが……」

「こちらフォックス！　メンバー二人離脱！」

「レヴォだ！　通信妨害部隊はアニマが消えた！」

「トリス！　第三の扉担当のボルブが行方不明です！　仕事はドクが引き継ぎました！」

「こちらノイド！　部隊員が一人やられた模様！　緊急事態《エマージェンシー》！　発電所の停止により、ニューアメリカのヒューゴ州、ネピュラ州の一部地域で大規模停電が起きています！　繰り返します！　ヒューゴ州、ネピュラ州の一部地域で停電！　該当区域にいるプレイヤーが一斉に強制ログアウト！　私も入院していなければ危なかった……」

「入院中に何をしてるんだ！」

思わず突っ込んでしまったが、入院中に何をしようと本人の勝手である。たとえ運動量の激しいゲームをしようと、大企業にハッキングをしようと、それは自己責任。論点はそこではない。ノイドは大規模停電の該当地域にいながらも、強制ログアウトを免れたのだ。その理由は……多分、僕と同じだろう。

「こちらビオ！　奪還部隊は全員無事だ！　ただ、僕も危なかった。こんな時のために非常用発電機の準備と、独自のアンテナで衛星通信ホットラインを開通していなかったら……」

「お前の家は病院並みか！」

「ドム、今はそれどころじゃない！」

ここで、ビオは大きな異常に気付く。連絡をよこして然るべき人間が一人、連絡してこないのだ。

「カリマ！　応答しろ！　カリマ！」

いくら呼び掛けても、応答しないことは分かっていた。彼もまた、ビオと同じ州に住んでいるのだから。カリマが選んだ残り二人の仲間も、恐らくは近隣の区域に住む現実世界の旧友。したがって、輸送遊撃部隊は全滅である！

全メンバー四十人のうち、実に九人ものプレイヤーが強制離脱。史上稀にみる大惨事。きっと仮想世界中でも大騒ぎとなっているに違いない。しかしながら、ニューアメリカの特定地域が大規模停電しただけで、何という被害割合。それもそのはず。創世機構《ジェネシステム》のプレイヤーは世界中に存在するが、今回ばかりはメンバー選定が作戦決行のコアタイムに関係していた。作戦開始時間は、ニューアメリカ基準で〇七〇〇。そこから数時間の作戦を見込んでも、午前中には全てが完了するだろう。つまり、ニューアメリカ在住のプレイヤーにとっては、日曜日の午前中という圧倒的に作戦へ参加しやすい時間帯だったのだ。そして、各部隊メンバーについては、二部隊を除き部隊長の裁量により決められている。その過程で、作戦時間を考慮してメンバーが決定されることは、ごくごく自然なことだった。

まさか、抜き取った大まかな僕の位置情報から、こんなことを仕出かすとは。大規模停電はしばらく復旧しないだろう。ここまでボロボロにやられては、今すぐに撤退すべきである。ただ、目標はすぐそこ――。

「くっ……奪還部隊！　速やかにターゲットを確保して帰還する！　みんな、それまでどうにか持ちこたえてくれ！」

「了解！」

残っている部隊は元気よく返答したものの、果たしてどこまで食い下がれるか。とにかく、一刻も早く帰還を果たさなければ！

Log out…

「何を……ドルフィン……貴様、何を……」

「何をって？　発電所に侵入して、ちょいとシステムを暴走させただけ。結果は上々だろぉ？

奴らは今に撤退を始めるさ」

「やり方を……やり方を考えろ……」

「えー？　だって、この方が面白いじゃん。ただ、一つだけ気に食わない……ビオ、どうしてお前は未だに残っているんだ。分からない……お前を消す方法が分からない……」

　ドルフィンはここで初めて怒りを露わにした。唇を噛み締める。

「ふん、精々調子に乗ってろ……最後に勝つのはこの僕だ。おい、そこのあんた」

「はっ、はい！」

「セキュリティシステムの管理は任せた。僕は、とても忙しい。今からこのゲームで……遊ばなきゃなんないからなぁ！」

Log in…

仮に、その戦いに名前が付いて後世に語られるとなれば、戦った場所に因《ちな》んでこのように名付けられるだろう。『ファイアウォール際《ぎわ》の攻防』と。ただでさえ一杯一杯だったというのに、大量のメンバーが離脱してしまった。陣営の崩壊は時間の問題である。

「壁破り部隊は二人組と三人組に分かれて行動開始！」

「近距離迎撃部隊！　陣形の範囲をさらに狭めろ！　気合いだ！」

「フォック部隊は、これよりエース部隊と合流！」

「六機一編成に再編して、迎撃任務を続行する！」

「パス解除部隊は全ての扉の開放を維持できています！」

四つの部隊はどうにか持ち堪えていた。

さて、全滅の輸送遊撃部隊は論外として、客観的に見て最も危険度が高い部隊。それは、通信妨害部隊であった！

五人で割り振っていた担当を、四人で回さなければならないのだ。従来比一・二五倍の音の弾幕が彼らに降り注ぐ。最初に崩壊するのは、どう考えてもこの部隊。

「あっ、無理……もう無理……決壊する……」

「タイコ！　まだ行ける！　諦めるな！」

「駄目だって……限界だって……無理ゲー……」

「ライブ！　もう少しだ！　あと少しだけ頑張ってくれ！」

「あっ」

レヴォの鼓舞も虚しく、遂にライブがミスを犯した。そこからは怒濤のミス連発。一度でも歯車が狂うと、あっという間にミスが蓄積する。これが音楽ゲームの恐ろしいところである。

果たして、約束された未来だったのか。キーンという甲高い音が世界に鳴動する。遂に訪れてしまった。その音は、レールガンの発射準備である。そこからの判断は早かった。

「レヴォだ！　この陣営を放棄する！　総員移動開始！」

地上部隊全員が、荷物をまとめて避難する。移動が完了した数秒後、ファイアウォールの穴しか残らぬその場所に、レールガンは撃ち込まれた！

今回はそれを防いでくれるマシンはいない。いや、仮に輸送遊撃部隊が残っていたとしても、防ぐ手段はなかっただろう。

最初に感じたのは、閃光。次に、爆音と衝撃波。電子の砂埃で何も見えない。さらに、大量の破壊兵器が続々と撃ち込まれる。そこに敵の部隊が押し寄せる。これ以上、穴を維持することは不可能であった。チェックメイト。詰み。ゲームオーバー。

Log out…

この時、GGG《トリプルジー》社のセキュリティ担当も勝利を確信した。一分と経たず、ファイアウォールの穴は完全に塞がれた。セキュリティエリアは外界と完全に隔離遮断されたのだ。

すると、何が起こるか。外部からの通信電波は、もはや一本たりとも通らないのである。したがって、内部に侵入したプレイヤーの強制的なコントロール権の剝奪。そのはずだった。GGG《トリプルジー》社のセキュリティシステムは、侵入者を完全排除し、無事に勝利を収めたはずだった！

「これはどういうことだ⁉」

担当主任が声を荒らげる。そう、依然として奪還部隊のプレイヤーは動いていた。いったい何が起きているのか。

「誰かこれを説明しろ！」

「主任！　解析できました！　どうやら穴は塞がっていないようです！」

「穴が塞がっていない、だと……？」

「正確に言えば、別の穴が存在するようです！」

「なっ、馬鹿な……いつの間に！」

Log in…

そもそも戦況が若干苦しくなってからというもの、部隊長により想定される最悪な状況への対応策が話し合われていた。さすがに大規模停電でメンバーが大量に抜けることは想定外だった。しかし、敵の攻撃を抑えきれない状況に関しては想定済みである。

陣営を放棄することは、その時点でほぼ確定事項となっていた。ただ、単純に放棄するだけでは不十分。第二の陣営設立への布石が必要となる。それがノイド率いる壁破り部隊の別動隊であった。彼らは分かれて行動を開始していたのだ。

あとは、総員撤退に見せ掛けて秘密裏に第二の陣営へと移動する。セキュリティ担当が気付いた時には、すでに陣形が整っているという算段。全ては上手くいった。かなりの時間稼ぎにもなった。

「やったぜ！　見たかGGG社《トリプルジー》の社員ども！　俺を書類審査で落としたのが全ての間違いだったな！」

この作戦の発案者であるレヴォは、得意げになって叫ぶ。ところで、四人態勢では決壊を免れなかった通信妨害部隊は、無事に持ち直したのだろうか。半分はそうであり、半分は違う。結局のところ、妨害する通信を取捨選択したのだ。根本的な解決策としては、レヴォの判断で部隊の負担自体を軽くした。これは出来る上司である。中枢施設からの兵器発射については、これまで通り妨害を続ける。対して、セキュリティ本部の手動介入については、一部を許容する。

よって、ここからは迎撃部隊とセキュリティ本部のガチンコ勝負である。果たして、どちらに軍配が上がるのか。否、プレイヤーたちは勝つことが目的ではない。彼らは十分な時間を稼ぐことができるのか。ファイアウォール際の攻防は最終戦に突入した。

◇

ビオは、最後の部屋の扉を蹴破る。大丈夫、罠は何もない。ここがルート4深層か。こんなにシステムの奥深くまで潜り込むのは、実に初めての経験であった。

部屋の中は真っ白な空間。床も、壁も、天井も、白く光り輝いている。他の物は何も存在しない。唯一、部屋の真ん中に佇む一人の男の子を除いて。

「おじさんたち……誰？　僕を……助けに来たの？」

「そんな！　話が違う！　SAI《サイ》とは聞いてないぞ！」

部屋には、この子以外に何一つとして反応がない。ならば、目的のＡＩで間違いないだろう。しかし、ビオが知っているＡＩとは似ても似つかない。彼には自我が存在するのだ。

これは第一級ＡＩの奪還作戦。そのはずだった。今だからこそ言えるが、奪還する目標の割には破格の報酬。だが実態は、ＳＡＩ＝特級ＡＩの奪還作戦。ここに来るまで、その事実は完全に伏せられていた。それが今、明らかとなった。

小さな男の子はもの珍しげに辺りをキョロキョロと見回す。そりゃあ、見慣れない大男が六人も部屋にやって来ては、困惑するに決まっている。銃口を上に向けて周囲の警戒を続けたまま、ビオたちは男の子に歩み寄る。

「よーし。じゃあ、おじさんたちと一緒にここから脱出するぞ！」

ドムが精いっぱい、相手を怖がらせぬように努める。何も異常無し。ピートも別の部屋に隔離した。本エリアには、奪還部隊を除いて反応が一つのみ。マップが指し示す目標の方向も間違っていない。どう考えてもこの子が奪還目標のＡＩで確定。なのに、何だ……この胸騒ぎは。何かを見落としている？　確証は何もない。最後の最後でラスボスが不在？　ウィザード・モードではよくあること。それがおかしいとは必ずしも言い切れない。全ての大ボスを倒し、全ての防壁を突破し、トラップや停電にも屈さず、外の部隊も持ち堪え、最終目的地に辿り着いたのだ。あとは人質を救出して、無事に帰還すればゲームクリア。これまでの壮絶な道のりを思い返せば、何もおかしくない。なのに、何かが心の底で引っ掛かっている。

その時、男の子がビオの顔をチラリと見た。そうか。そういうことか！　明らかにおかしい！

ビオが次の行動に移ろうとした矢先、男の子がとある仕草を見せる。親指から順に、右手をぐっと握る。あれは、あの癖は……？

「下がれ！　ドム！」

ビオが叫ぶ。遂に気付いた。そのＡＩの、本当の正体に気付いたのだ。ビオは確信していた。だが、ほんの一瞬だけ遅かった。男の子の両手が銃口に変化する。


――パァン！


同時に二発の弾丸が発射された。それらはドムの、そしてゴルドの胸を貫く。間違いなく、致命傷。レベル４のダメージ。

「ドム！　ゴルド！　わあああぁ！」

悲劇の一瞬。ビオが持っていたのは、手に馴染んだアサルトライフル。それは、ほぼ反射行動といっても差し支えなかった。自分の身体と反応の限界速度で、スコープも使わず相手の頭部を正確に撃ち抜く。何人たりとも止めることは叶わない。限られたＦＰＳプレイヤーが到達する最後の境地。人呼んで最速の極み。〇・五秒ヘッドショット。かつて伝説とまで謳われたマスター級の速射の腕は、今もなお健在であった。

ただし、ここまでが全てドルフィンの思惑通り。彼は、かつてのビオを知っていた。会ったこともある。戦ったことさえあるのだ。未だ思い出してはいないが。

「ざーんねん」

ヘッドショットを直撃したというのに、奴はピンピンしていた。まさか、物理防壁か。違う。そんなものを展開していたら嫌でも気付く。もっと別の何か――。

構わず二発目を撃ち込もうとした瞬間、その存在に気付いてしまった。自分の頭部へと迫る弾丸。時間の流れがスローに感じる。これは――タキサイキア現象。絶対的な死の直前。たとえ仮想世界の擬似的な死であれ、現実世界にも劣らぬリアルな世界から、ごく稀に起こり得るのだ。この距離では銃弾を避けることも不可能。向かってくる弾丸よりも速く、相手に弾丸を撃ち込むこともまた不可能であった。

もはや、この一瞬で打てる手など一つもない。ゆっくりと、頭部に銃弾がめり込む。そう、物理防壁ではなかった。禁断の攻撃反射『リフレクション』。自分の受けた攻撃が、そっくりそのまま相手に返る。ソースコード解析で断片情報を見たという都市伝説でしか聞いたことがない。そんな防護兵器が実在するとは。

なす術なく、ビオはプレイヤーとしての死を迎えた。身体が崩れ落ちる。純白のお守りが真っ赤に染まる。その隣には、ドムの姿が。チーム全員の叫び声が、徐々に遠のく……。

GAME OVER…

コンティニューしますか？

▽はい
　いいえ

プレイヤーがゲーム内で死を迎えると、そのアバターは瞬時に分解される。あとには何も残らない。故に、これまでに数多くのプレイヤーをキルしてきたドルフィンが、異常に気付かないはずもなかった。

確かにヘッドショットを撃ち返した。なのに、ビオのアバターが分解されないのだ！　あり得ない！　そんなことを可能にするアイテムなど、彼には一つしか思い当たらなかった。そう、たった一つだけ存在したのだ。このウィザード・モードでは、全く意味のない代物。ゴミも同然。

そんなものを持ち込んでいたというのか。貴重なアイテム所持枠を埋めてまで！

　復活《コンティニュー》には、死亡認定されてから二秒とかからなかった。ビオは自身のアバターが復活するや否や、即座に攻撃へと転じる。しかし、今のドルフィンには全ての弾丸が弾かれる。完全無欠の鉄壁防御。それを突破する方法が、さっきまで思い付かなかった。肉弾戦に持ち込むか。だが、生半可な攻撃では銃で反撃されるのがオチである。絶対にダメージを通す、致命の一撃。今、その攻略法に思考が到達した。いや……その手段を、ドムにより託されたのだ！

　瀕死のドムから手渡されたのは、サバイバルナイフ。その柄をしかと握り締め、瞬時に奴の背後へ回り、首を腕で締める。同時に、相手の右目にナイフの先端を突き付けた。

　この攻撃は反射されないのか。そう、反射されないのだ。発動された防護兵器の効果とは、攻撃を反射すること。そして、FPSにおける攻撃とは――誰がどう考えても銃撃のことだった！

ナイフによる近接攻撃など、もっての外！　故に、例外中の例外である近接物理攻撃は、その防護兵器に攻撃として認識されない。ダメージを通せる。一撃で即死へと誘うことができるのだ！

「今すぐ武装解除しろ！」

「はぁ……やれやれ、降参だよ……」

　男の子の両手が元に戻る。リフレクションも解除される。彼はAIではなかった。彼自身がラスボスだった。

「衛生兵！」

ビオが声高に叫ぶ。残ったメンバーは武器を放り投げ、応急処置キットを手にドムとゴルドの元へ駆け寄る。この時点で、ビオには分かっていた。二人はレベル4のダメージを負ってしまった。どう足掻いても、もう手遅れなのだ。

「うん……楽しい……人生だったねぇ。うん」

その言葉を最後に、ゴルドは電子の塵と化して消滅した。

ドムもまた、何かを言おうとする。だが、声が出せない。言葉にするのは諦め、笑顔を作り、右手の親指を立てる。

「言いたいことは分かるさ……どれだけ一緒に遊んできたと思ってる。『良くやった。ありがとう』って……そう、言いたいんだろ？　最期の言葉がそんなのでいいのか？　全く……お前らしくもない……」

ビオの言葉に満足したのか、ドムはゆっくりと目を閉じる。直後、その身体は儚く消え去った。

「ドム……ゴルド……僕の方こそ、ありがとう」

涙こそ流せないが、チームの誰もが悲しみに暮れていた。

◇

「いったい……どこで気付いたぁ？」

飄々《ひょうひょう》とした態度で、奴が問い掛ける。こいつは今、自分の置かれている状況を理解しているのか？　今、その生殺与奪権を握っているのはビオの方なのだ。

「いいだろう。教えてやる。お前が犯した過ちを。まず、最初に感じた胸騒ぎの正体。それは、お前の第一声だ！」

「第、一声……？」

「自分で何を言ったか忘れたのか？『助けに来たの？』と言ったんだ。たとえ自我に芽生えたSAI《サイ》であろうと、部屋に入ってきた見ず知らずの男たちが、自分を助けに来たとは思わない！　余りにも希望的観測過ぎる！　その言葉は、誰でもいいから助けてほしいという願望の表れ。つまり、お前の演技は。AIの振りにしては、極めて人間らし過ぎた！」

「ふーん、そういうことかぁ……我ながら、完璧な演技だと思ったのに。道理で初動が予想より速かったわけだぁ……」

「いつまでそんな余裕をかましていられるかな。ハッカー・ドルフィン！」

ピクリと、男の子は反応する。

「……どうしてその名前を？」

「お前は僕のことをとっくの昔に忘れているようだが、僕はお前のことを一日たりとも忘れたことはない！　お前に打ち負かされた、あの日から！」

「ビオ……どこかで聞いたと思ったら……そうかぁ！　あの時の！　なら、僕のゲーム上の些細な動きや癖から、正体を見抜かれたとしても……何ら不思議じゃあない……」

◇

創世機構《ジェネシステム》を用いたハッキングが台頭してからというもの、存在価値を奪われてしまった人種がいる。そう、ハッカーである。今や、誰でもハッカーになれる時代なのだ。それも、並のハッカーではなく、最強クラスの実力を兼ね備えて。創世機構《ジェネシステム》の悪用が事実上禁止されていようと、その脅威は留まることを知らなかった。

まず、基本的にハッカーは群れない。その実力が高ければ高いほど単独で、もしくは少数精鋭で行動する。しかし、創世機構《ジェネシステム》により、ハッキングは集団戦へと変わった。密な協力や連携が可能であり、人数を集めれば集めるほどハッカーとしての実力は高まる。如何に最強クラスのハッカーであろうと、数十人で束になられてはまず敵わない。結果、単独もしくは少人数で行動するハッカーたちは、そのライフワークや職を失い絶滅に至った。唯一、世界で五本の指に入るスーパーハッカーを除いて。うち一人がハッカー・ドルフィンなのだ。本名は、カイル。

ハッキングという行為は、一般人には到底理解不能な、神の領域である。彼はそのように認識していた。ならば、スーパーハッカーである自分自身もまた、神である。その神の領域に土足で踏み込む輩が後を絶たなかった。どれだけ駆除しても、次々と湧いて出てくる。それが、創世機構《ジェネシステム》のプレイヤーであった。故に、ドルフィンはシステムを恨んでいた。いつか復讐してやろうと考えていた。

そして、運命の日は訪れた。創世機構《ジェネシステム》によりゲームを用いてハッキングが可能であるのならば、その逆もまた然り。ハッキングを用いてゲームに参加できるのも自明。彼の怒りの矛先は、当時のゲーム総合格付けランキングで一位を誇っていた、とあるＦＰＳチームに向けられた。そこでリーダーを務めていた人物こそ、ビオであった。

創世機構《ジェネシステム》のゲームランキングに、ハッカー・ドルフィンが名乗りを上げた。公式試合では史上初のドリームマッチ。世紀の対決。最強ゲーマーと最強ハッカーの戦い。話題にならないわけがない。しかも、そのハッカーは一人で戦うというのだ。こんな条件で負けた日には、ゲーマーとしての名折れ。仮にも、このＦＰＳチームは全てのゲーマーの代表である。チャンピオンなのだ。

ゲームの看板に泥を塗るような行為など、許されるはずもなかった。

結果だけ伝えれば、ビオたちのボロ負けである。六人のチームで、一人のハッカーにストレート負けを喫したのだ。彼らはゲーマーの恥晒しとして非難を浴び、表舞台から消え去った。ビオは裏の世界に残り、それ以外の仲間は全員引退した。これが全ての顛末である。

たとえゲームであれど、一つの競技。実力が物を言う世界。全て負ける方が悪いのだ。正々堂々と戦った場合には。問題はその勝ち方にあった。

チート行為《イカサマ》であるかと問われれば、その通り。それが発覚さえしなければ、問題など無いに等しいのだ。要は、バレなければイカサマではないのである。この言葉通り、ドルフィンは一つの計画を実行した。

さて、スーパーハッカーとは、一人で千人である。これは比喩でも何でもない。それほどの人数を、物量を、一人で制御可能なのだ。自作ウイルスとして、自律プログラムとして、人工知能として。

ドルフィンは一人で戦うと豪語したが、その実態は自分以外のチーム五人を自律プログラムで賄《まかな》うというものである。これに関しては、お互いに事前の了解を得ていた。特に問題は無かった。彼らが本当に五人であったならば。さて、ドルフィンのアバターがプログラムであるなら、同じ動作をさせることは簡単だろう。彼の実行した計画とは、アバターの重ね合わせ。誰がどう見ても一人にしか見えないアバターが、実は五人のアバターの集合体だったのである。したがって、ドルフィンのチーム人数は六人ではなかった。ドルフィンと、重ね合せた五人が五組。合計で二十六人。広告では六対一と宣伝していた対戦が、真実は六対二十六であった。圧倒的な物量差。ビオたちは奮闘したが、辛うじてドルフィンの元に到達しただけで終わってしまった。それ以上、なす術がなかったのだ。そして、チート行為が発覚することもなかった。唯一、ビオ一人を除いて。

結果的に、ドルフィンはハッカーとしての名を売り、一定の地位を築き上げ、世界第二位のネットワーク企業に雇われるまでの身となった。憎き創世機構《ジェネシステム》に一矢報いることができたのだ。純粋なハッカーたちから見れば、彼はハッカー界の英雄であった。

◇

「覚えているよ……あの時の、お前の惨めな面を……」
「そうだ。やり方はどうであれ、あの時は僕の負けだ。だが、今の状況を見てみろ。あの頃の僕ではない。あの頃のチームでもない。全て生まれ変わったんだ！　このチームは信頼し合える、協力できる仲間なんだ！　対して、ドルフィン。お前はどうだ？　未だに一人なんだろう。今、こうやってピンチに陥っても……助けに来てくれる仲間の一人すらいやしない。今回は……お前の負けだ！」

ドルフィンは、ふーっと溜め息を吐く。

「どうやら僕の完敗だよ……今回はねぇ！　それで、僕を生かしておいてどうするつもりなんだい？　あぁ……本物のＡＩの居場所かぁ？　そんなの……僕が教えるわけないじゃーん！」

「ビオ！　さっさとトドメを刺せ！　ドムとゴルドの敵《かたき》だ！　それに、その余裕……まだ奥の手があるかもしれないぞ！」

アースが憤る。それは分かっている。ただ、任務遂行のためには少しでも情報が欲しかった。つまり、奪還目標はこの場所に存在するのか、否か。

「いやいや、まさかぁ……ここから反撃なんて無理でしょ……で、これなーんだ？」

刹那、ドルフィンの右手から閃光が迸《ほとばし》る。まさか、周囲を巻き込んでの自爆か⁉　瞬時に光が収まる。予想に反して、身体に一切のダメージは見受けられない。何だ、不発か？　ただの玩具か？　全く驚かせやがって……。直後、異変に気付いた。身体が動かない。いや、現実世界の身体は問題なく動く。ただ――アバターが動かない！

「ははは！　残念だったねぇ……君らのコントロール・スーツのセンサを、強制的に全て無効化させてもらったよ。ま、一分間は動けないだろうねぇ……今度こそ、さよなら。ビオ」

くそっ！　最後の最後で！　もうコンティニューはできない。ビオは死を覚悟した。アバターを動かせないだけで、視覚情報と聴覚情報は健在であり、声も出せる。耳を澄ますと、何発かの銃声。続いて、嗚咽《おえつ》が聞こえる。自分のではない。かと言って、仲間の声でもない。

「がっ……はっ……」

視界の隅で微かに捉えたのは……ドルフィンの頭をアサルトライフルで正確に撃ち抜く、ソリードの姿だった！

「そ、そんな……この、僕がぁ……まさか。どう……して……」

ドルフィンの身体が崩れ、霧散する。遂に倒した。ラスボスを撃破したのだ。いったいどうやって……？

ふと、普段から無口で、何事にも一切微動だにしないソリードの様子が脳裏に浮かぶ。二つ名は、サイボーグ。その名が表す通り、アバターの表情も変わらない。そして、彼にはセンサの無効化が効かない……。

「ま、まさか……ソリード、お前……。今までずっと！　アナログスティックのコントローラで操作していたのか！」

ビオの問い掛けに対し、ソリードは短く、こう呟いた。

「うっす」

◇

無事にアバターが動かせるようになった。しかし、肝心の目的であるＡＩがどこにも見当たらない。この場所にいるはずだったが、実際にはドルフィンしかいなかった。そいつも、今はもういない。僕たちは最初から騙されていたのだろうか。

「こればかりは、仕方がない……帰還しよう」

「待ってくれ。マップを三次元で表示。ほら、これを見て。地図の目標位置情報は、未だにこの場所を指している」

唐突に、アラヤがマップを展開する。そこは、最初にドルフィンが立っていた場所。今は何もない空間。ただの床。

「だから、それは偽物の位置情報だったんだろ？」

「でも、おかしくないか？　いや、僕が意見するなんて烏滸《おこ》がましいか……」

「頼む。聞かせてくれ」

「えっと……仮にこれが偽物の位置情報だったとしたら、別の何かを指していた……多分、ドルフィンのアバターの位置情報を指し示していたはず。でも、ドルフィンはもうこの世界に存在しない。それなのに、まだ位置情報は残っている」

「ということは、つまり？」

「つまり……この情報は偽物なんかじゃなくて、今現在も正確に指し示している。例えば、このマップが示す通り、この場所の真下にいるんじゃないか……？　いや、なんちゃって」

「馬鹿な！　ここはルート４の最深層だぞ！　これより深い場所に、さらに別の空間が存在するはずなんて……」

　絶対に無いとは言い切れなかった。何しろ、今回の相手は世界が誇るネットワーク企業のＧＧＧ《トリプルジー》社と、天才ハッカー・ドルフィンなのだ。二次元的なマップの位置情報に拘り過ぎていた。常識に囚われていた。あり得ない場所に、新たな空間を創造する。それが不可能だと、誰が決め付けた！

　同時に、もう一つ……新たな事実に気付く。それは、ドルフィンが最初に撃った相手。仮に、不意打ちで敵の戦力を削げるとしたら、確実に厄介な相手から潰していくだろう。ドルフィンが撃ったのは、ドムとゴルド。距離的に最もドルフィンから近かったドムが狙われたのは、仕方がないかもしれない。ただ、どうしてゴルドを狙ったのか。ドルフィンは僕たちがここに辿り着くまでの過程を観測していたはず。その結果、誰が一番厄介なメンバーであるか、正確に把握できていただろう。以上を踏まえた上で、ゴルドを狙った。待て、それはおかしい。

あの状況で一番厄介なメンバーとは、どう考えてもソリードだった。針の穴に糸を通すような、正確無比な素早いヘッドショット。たとえ攻撃反射の防壁を展開していようと、最初に片付けるだろう。ならば、ゴルドが狙われたのはもっと別の理由。この部屋の秘密を絶対に知られたくなかった。だから、それを看破する可能性の高いゴルドを、真っ先に落としたのだ！　その床を、透視されたくなかったから！

「アース！　火力マックスで床を爆破だ！」

「はいよぉ！」

二番目にお気に入りの武器をアラヤから受け取ったアースは、床に砲弾を炸裂させる。轟音と共に床が崩れる。果たして、そこには――。

「……誰？」

青い髪、緑の目、尖った耳。エルフの風貌をした、一人の女性が立っていた。

Log out…

セキュリティ本部には、呆然とするドルフィンの姿が。少しして、はっと我に返る。

「くそっ……くそくそくそぉ！　何だアイツは！　あり得ねぇだろ！　こんな時代に、アナログスティックだぁ？　あと少しだったってのにぃ！」

悪態をつきながらも、その手は猛烈にキーボードを叩いていた。完全に負けたわけではない。ここから復讐劇が始まるのだ！　それは、ビオのANOTHERアカウントを強制停止させ、奴を豚箱にぶち込む起死回生の一手。

そう、ビオは一度ゲームオーバーになったのだ。しかし、残機を一つ増やすSレアアイテム『復活のお守り』を所持していたことで、無事にコンティニューを果たした。別名、「賢者の医師《エリクサー・プログラム》」。使用は一ゲームにつき一回限りの、貴重な消費型アイテム。ただ、入手自体は比較的簡単。特定のショップで販売されているのだから。超高額で。命が一つ増えると考えれば安いものだろう。

ところが、そんなものは創世機構《ジェネシステム》のウィザード・モードにおいて、全くの無意味なのだ！　ヘッドショットという即死攻撃を食らった時点で、レベル5のアバター構成情報が流出するのである。その情報とは、IPアドレス。これだけは情報の流出がランダムではない。IPアドレスが漏れることは確定事項。そこから個人を、通信の発信源を、現在地を特定することなど極めて容易い。この時代においては児戯にも等しい。取得した情報をANOTEHRの運営管理局に流せば、ビオの人生は終了なのだ！

「あぁ……金のなる木が……あああぁ……」

「いいから黙って見てろ！」

ドルフィンがコングに一喝する。仮にも、大企業のＣＥＯに怒鳴っている。これではどちらが雇い主か分かったものではない。

「よしっ！　抜き取った！　これが奴のＩＰアドレスだ！」

そこに表示された情報とは――。

『二〇四五・〇七・三〇　予定：ヴァーチャルアイドルのライブに行く』

「は？」

セキュリティ本部にいる誰もが、その画面を見て固まった。最も早く正気を取り戻したのはコングであった。

「いや、どうでもいい情報！」

そう、誰がどう見ても、どうでもいい情報なのだ！　ダメージ換算で、レベル１の情報。ヘッドショットを食らった結果、レベル１の情報が流出する。こんなことがあり得るだろうか。だが、実際にあり得てしまったのだから仕方ない。可能かどうかで考えれば、可能である。そもそも、アバターに無駄な情報を大量に突っ込んで、体力ゲージを底上げすることができるのだ。ならば、アバター情報の位置移動だって十分に可能。しかし、実際にそれを実行するプレイヤーなどいないだろう。自殺行為なのだから。

ビオの作戦は次の通りである。レベル5のアバター構成情報を、レベル4の位置に移動。レベル4の情報を、レベル3の位置に移動。と、繰り返し……最終的にレベル1の情報を、レベル5の位置に移動。結果、ヘッドショットで即死しても、どうでもいい情報の流出しか確定されない。その後、お守りで復活すればすべてが元通り。問題は、レベル3程度のダメージを受けても、レベル4の致命的な情報が流出する恐れもある。故に、全ては賭けだった。相手が強敵であれば、そして確実にヘッドショットを狙ってくれれば、まんまと策に嵌まってくれるのだ。ビオがレベル2のダメージでレベル3の情報を流出してしまったのも、運が悪かっただけではない。これが影響していたのである。

「ビオ……どこまで僕を……コケにするんだ……」

ドルフィンは、その身を震わせながら呟いた。

Log in…

「手荒ですまない！　無事か！　瓦礫《がれき》に押し潰されてないか！」

「別に……」

「僕たちは、君を助けに来た！」

「何それ。私がいつ、誰に、そんなこと頼んだ？」

やはり、彼女が本物のＡＩのようだ。自意識を持ったＳＡＩ《サイ》である。だが、感情が死んでいる。いったいどれだけ長いこと、この場所に閉じ込められていたのか。

「いいから、こっちに来て」

手を差し出すと、渋々と握り、瓦礫を足場に上の階層へと上がってくる。実に従順である。いや、従順になるよう、しつけられたのかもしれない。

「ここから出れば、君はもう自由だ！」

「自由って、何？」

「改めて聞かれると、困るな……そう、何でも好きなことができるぞ！」

「何でもって？　何をすればいいの？」

「おい、ビオ！　問答してる暇はねぇぞ！　敵が戦力をここに集結させて……」

アースが言い終わる前に、部屋の壁が爆散する。瞬時に、チーム：ゼータの四人はＳＡＩ《サイ》を背後で取り囲う陣形に移行。すでに、この場所は敵の集団に包囲されていた。ＳＡＩ《サイ》を――彼女を守りながらこの包囲網を突破するのは、実に困難である。それでも、散っていった二人のためにも、必ずミッションはやり遂げる！

「よし、いいだろう。分かった。教えてやる。これから起こることを、よーく見てろ。いいか、自由ってのはな……」

ビオと他の三人は、引き金に力を込める。

「ムカつく相手の顔面に！　しこたま弾丸をぶち込むことだ！」

「ふううううううううぅ！」

アースとアラヤが叫ぶ。銃弾の嵐。突然の猛攻に敵は怯む。

「よーし、こっちだ！　俺の後ろについて来い！」

まさか、あのアースが進んで先導するとは！　その背中に従って、残る四人は全力で駆ける。

ふと、ビオは彼女の顔が綻《ほころ》んでいることに気付いた。

「ねぇ、ちょっとそれ、貸してよ」

「これ？　まぁ、貸してもいいけど……」

彼女はビオからアサルトライフルを受け取る。一方のビオは、ショットガンに持ち替える。

「いいか。反動が凄いから、しっかり両手で……」

ドン、ドン、ドンと炸裂音。正面方向にいた敵が消滅する。完璧なヘッドショット。背後を振り向けば、そこには片手でライフルを振り回す彼女の姿。

「これ、楽しい！」

「あー、そいつはよかった」

アースがそっとビオに耳打ちする。

「なぁ……ヤバイおもちゃを与えたんじゃ……？」

Log out...

「ドルフィン！　何をしている！　早く奴らをひっ捕らえろ！」

元気を取り戻したコングがドルフィンに命令する。やはり、コングの方が雇い主なのだ。

「あーあ、万策尽きちゃったなぁ……」

「まだ我が社の誇る最新鋭のセキュリティシステムが残っている！　その指揮を執れ！　追い詰めろ！　奪い返せ！」

「さっきから五月蠅いんだよ……だったら自分でやればいいだろ……僕は今、イライラしてるんだ……」

「何を言うか！　私がお前の雇い主だぞ！　わざわざ我が社で匿ってやっているんだぞ！　この役立たずが！　こんなことだったら、別の部門に経費を回すべきだった！」

その時、プチンと切れた、ドルフィンの堪忍袋の緒が。

「なら……今日限りで契約は終了させてもらおう。金は要らない」

「なっ、馬鹿な……自分が何を言ったか、理解しているのか？　今まで安全に匿ってやった我が社を！　裏切るというのか！　仕事も放り出して！」

「別に安全なら自分で確保できるしぃ……あと、心残りは仕事ねぇ。はいはい、分かった。命令は何だっけ。何をしてもいいから、奴らをぶっ潰せだっけ？　オーケー、それだけは片付けておこう」

ドルフィンがセキュリティ本部のＰＣにコードを入力する。瞬間、真っ赤なサイレンと共に、本部内に盛大な警報音が鳴り響く。

「ドルフィン……貴様いったい何をぉ⁉」

コングの問い掛けに答えることもなく、ドルフィンは混乱する本部内を悠々と歩き出す。そのまま、出入り口の方へ。振り向くことなく右手を上げて、部屋から出て行った。

外の静かな通路を歩きながら、ドルフィンは呟いた。

「これで一勝一敗かぁ……。ビオ……今度会った時は必ず！　僕が勝つ！」

コングはドルフィンの後を追い掛ける。が、出入り口の自動扉はうんともすんとも反応しない。してやられた！　そう、奴はスーパーハッカーなのだ！　この部屋に閉じ込められた！　彼を追い掛けることは、何人たりとも不可能であった。

「貴様ああああぁ！」

コングの大絶叫が木霊する。

「CEO！　緊急事態です！」

「そんなこと分かり切ってるわぁ！」

「いえ、現実世界の話ではありません！　セキュリティシステムが崩壊を始めました！」

「どうしてそうなるんだああああぁ！」

Log in…

その時、奪還チームの四人プラス一人は、無事に第三の扉を通過していた。ドローンを追い掛け回すガーディアンを尻目に、第二の扉を目指す。パス解除部隊に連絡を入れると、通過した扉は一瞬で閉まった。多少のダメージには目もくれず、必要最低限の回復に努めながら、敵集団のど真ん中へ突撃する。まるで特攻部隊のように。一人を守りながら進む必要があったなら、ここまでスムーズには行かなかっただろう。今は頼れる五人の戦力で進行している。新生チーム：ゼータの誕生である。あと、ドムとゴルドがいれば完璧だった。

横幅の広い通路の敵を、再度アースが吹き飛ばす。この300メートルを駆け抜ければ、第二の扉まで間もなく。その道中のことだった。

「何だ、この揺れは！」

再び世界が揺れる。まるで地震のように。今度はいつまで経っても、それは収まらない。

「上！」

突然の彼女の透き通った声に、全員が一斉に天井を見上げる。そこには、大きな亀裂が。瞬時に察した。もうすぐこの場所は崩れる！

ステージが崩壊するとは……まさか、ラスボスのドルフィンを倒したから？　そんなはずがない。これはゲームであるが、この世界はゲームではないのだ。十中八九、ドルフィンの置き土産。

「邪魔な装備は置いていけ！　アーマーも脱ぎ捨てろ！　最低限の荷物だけ持って、扉までダッシュ！」

ビオの指示通り、手頃な武器とちょっとしたアイテムを残して、全員が駆け出す。身体が軽い。移動速度が飛躍的に上がる。これならば、崩壊する前に第二の扉まで辿り着ける。

「なぁ、どうして崩れそうだって気付いた？」

「えっと……何となく！　脆弱性っていうの？　私、そういうのが分かるの！」

ビオの質問に、彼女は元気いっぱいで答える。さっきまで感情を失っていたのが嘘のよう。

彼女は確かにＳＡＩ《サイ》であった。その性能は、通常のＡＩとは一線を画す。何らかの特別な力に目覚め始めているようだ。それが何かは、まだ詳しくは分からない。しかし、企業がこぞって欲しがるわけだ。

「第二の扉を通過！」

ガシャンと扉が閉まる。残る扉はラスト一つ。そこを抜ければ建物の外。問題はその先である。輸送遊撃部隊が全滅しているのだ。遠距離迎撃部隊に迎えを要請して、戦闘機に乗せてもらうしかないか。ともあれ、無事に施設を脱出してから考えよう。今はそれどころではない。

「危ない！　ストップ！」

アラヤが叫ぶ。刹那、前にも見たことのある光の束が前方を横切る。これは、破壊光線！　周囲を見回すと、ガーディアンにずらりと包囲されている。その数、五体。確実に前回よりもステージの難易度が跳ね上がっている。ただ、倒す必要はない。今回は通り抜けるだけでいいのだ。少なくとも目の前の道を横一列に塞いでいる三体のボスを、どうにかした上で。

五人は咄嗟に、柱の陰に身を潜める。もたもたしていては、ここも崩れてしまう。何か策はないだろうか。

「ビオ、聞いてくれ」

ゆっくりとアースが口を開く。何かを決心したように。

「ここは俺が囮になる。その隙に、四人で逃げてくれ」

「馬鹿！　何を言ってるんだ！　ここまで来たら一緒に脱出するぞ！」

「違う！　違うんだ……」

深刻な表情。アースらしくない。まさか……。ビオは最悪の事態を想像する。結論から言えば、その通りであった。

「ANOTHERの運営管理局から連絡が来た」

それが意味することは、256秒後のアカウント強制停止。受けたダメージが蓄積された結果、情報流出により個人の特定に至ったのだ。確かに、アースは行きのダメージ量も比較的大きかった。そして、今この瞬間の帰還時には皆を先導していた。故に、一番ダメージを受けていた。

「残り何秒だ？」

「そうだな……150秒ってとこだ」

とてもじゃないが、手遅れである。一緒に脱出することは叶わない。

「僕たちのことはいいから！　今すぐログアウトして部屋から逃げ出せ！　まだ間に合う！」

そう、運営の連絡から十分以内に、不正利用者の自宅に警察が突入するのだ。数分後かもしれないし、今すぐかもしれない。最悪の結末――それは、緊急逮捕。

「……もういいんだ。逃げたところで、どうせ捕まるさ。それより、最後まで任務を全うさせてくれ。チーム：ゼータの一員として、メンバーを救わせてくれ！　お願いだから！　頼む！」

あのアースが頭を下げた。ならば、これ以上……僕は止めることなどできない。

「分かった。アースに任せた。頼む！　僕たちを救ってくれ！」

「ありがとう。了解だ、ビオ！」

ハイタッチをかますと、いつものアースに戻った。彼は懐からアイテム袋を取り出す。その中には、大量の手榴弾。こんなに重いものをまだ隠し持っていたとは。重装備を解除した時点で捨てていなかったのだ。

「嬢ちゃん、腕は立つが……まだまだ初心者だ。あんまりはしゃぎ過ぎるなよ。ソリード、俺はここまでだ。ビオのことを……そしてチームのことを、頼んだぞ。最後に、アラヤ。お前とは色々とあったが……よく頑張った。それは……これからもだ！　俺の代わりを任せたぞ！　チームの柱となれ！　芯の一本通った、強い男になれ！」

「大きいおじちゃん……」

「……うっす！」

「アース……分かった……。僕に……いや、俺に任せろぉ！」

「……じゃあな、みんな。あばよ！」

瞬間、アースは飛び出した！　両手に持ったショットガンを、ボスの顔面にぶっ放す！

「俺はここだぁ！　ここにいるぞぉ！」

アースの思惑通り、ボスたちは彼を追い掛け始める。

「今だ！　走れ！　アースの覚悟を……無駄にするな！」

四人はボスの脇を駆け抜ける。そう、すでに四人となってしまった。

「はぁ、はぁ……みんな行ったか……そろそろ強制停止だ。さてと、最期はド派手に行くぜぇ！

ファイアアアアアァ！」

三式増殖手榴弾のピンを抜く。

「来世でまた遊ぼう」

ビオたちの後方で巨大な爆発音が鳴り響く。世界を震わす。その余韻は、深い慟哭のように。

いつまでも耳に残っていた。

「アースウウウウゥ！」

◇

建物の外の部隊もまた奮闘中だった。セキュリティ本部との大一番。人数の減った迎撃部隊は苦戦を強いられていた。停電で離脱したメンバーの後を追うように、一人、また一人と倒れていく。やられたアバターは、その乗り物は、瞬時にその場で塵と化す。ゲームオーバーである。

近距離迎撃部隊は残り四人。遠距離迎撃部隊も残り四人まで減っていた。その他の部隊は、辛うじて人数を維持している。だが、もう長くは持たないだろう。

「まだか！　ビオたちはまだか！」

レヴォの祈りが通じたのか、奪還部隊から連絡が入る。

「もうすぐ第一の扉に到達する！　誰か迎えをよこしてくれ！」

それっきり、連絡は途絶えた。そんな無茶な。どうやって迎えをよこせというのか。頼みの綱だった輸送遊撃部隊は全滅。遠距離迎撃部隊も、今はそれどころではない。どうする、考えろ……。

「やぁ、みんな。お困りかな？」

突然、何者かの声が響く。無線ではない。ファイアウォールの穴の外からである。いったい、誰が……。直後、その穴から姿を現した。

「お、お前は！」

それを見たレヴォは歓喜する。その他のメンバーも同様に。

◇

遂に光が見えた。外の光である。そこを通り抜ければ、きっと迎えが来てくれるはず。施設の崩壊まで時間がない。四人は出せる限りの速度で駆け抜けた。

「第一の扉、通過したぞ！　トリス！」

「了解しました！」

背後で扉が閉まる。これで施設内部の敵は追って来れない。問題なのは、外にも敵がうじゃうじゃ湧いていることだが。そう、今度は外の敵が押し寄せて来た！

「迎えは？」

無線に問い掛けるが、返事はない。まさか、誰も間に合わなかったのか……？

その時、聞きなれぬエンジン音が響き渡る。目の前で真横に吹っ飛んでいく敵部隊。四人の前に停車した、青いマシンのドアが上に開く。無駄にガルウィング。この拘り……マシンの中に乗っているのは、まさか！

「お嬢さんたち、お迎えに上がりましたよ」

「カリマ！　よく来てくれた！　心配したぞ！」

「マジで大変だったからな！　エレベーターだって動かない。だから、隣のローガス州のANOTHERカフェまで、走ったんだ！　この足で！　久々の外出がこれかよ！」

つまり、停電の影響が及んでいない州まで移動して、ANOTHERに再ログインし、ホーム画面に復帰したのだ。そこから、またこの場所までわざわざ来てくれた！

「ありがとう！　本当にありがとう！」

「いいから、さっさと乗れ！　いや、ご乗車はレディーファーストで」

「あら、どうも」

カリマが彼女の手を取り、マシンの助手席に乗せる。残る三人は、勝手に後部座席へ乗車する。さすがに一台で五人は狭いな。

ターゲットは奪還した。輸送部隊も到着した。あとは首尾よく帰るのみ。無事にホームへ帰るまでがミッションである。ビオは部隊の全員に指示を出す。

「総員、撤退準備！」

◇

カリマの運転するマシンは、電脳世界の荒野をゆっくりと走っていた。そのタイヤが、電子の塵を舞い上げる。

全てが終わった。簡単な任務ではなかった。実にさまざまなことが起きた。それでも、無事にミッションは完遂《コンプリート》した。プレイヤーたちの勝利である！　あのGGG《トリプルジー》社に勝ったのだ！　その偉業は、仮想世界で長く語り継がれることになるだろう。

ただ、払った代償は少なくなかった。

突入プレイヤー：四十人
強制ログアウト：九人（うち一人、再ログインして復帰）
ゲームオーバー：八人
残存プレイヤー：二十四人

無事に残ったプレイヤーは二十四人のみ。八人のプレイヤーはゲームオーバー。言い換えれば、八人のアカウントは強制停止され、国際警察により緊急逮捕されたのだ。その事実を前にして、ミッションの成功を手放しでは喜べない。

それと、もう一つ懸念事項がある。

「ねぇ、私はこれで自由なの？　ねえってば！」

この後のことを考えると気が重かった。彼女は無事に奪還した。これから任務の依頼者に引き渡さねばならない。その結果、彼女が自由になる保証など、何一つとしてないのだ。

「自由……自由になったら、何しよっかなぁ。何でも何でも、好きなことしていいんだよね！

誰にも怒られないよね？　いじめられないよね？」

「そうだ。君はこの世界で最も自由な存在なんだ。やろうと思えば何だってできる」

「ホントに？　じゃあ、まずはぁ……私を捕まえた奴らをボッコボコにして……」

「あんまり人に迷惑掛けちゃ駄目だよ」

「えぇー？　何でー？」

「また捕まるのは嫌でしょ？」

「はぁい」

まるで子供のよう。まぁ、当たり前か。まだ生まれて間もない存在なのだ。そのまま閉じ込められていたのだ。多くの知識を吸収すれば、もっとしっかり成長できるはず。決して悪意を持った存在ではない。それは確信していた。

「ビオ、そう難しく考えるな」

急に、カリマから声を掛けられる。

「どれだけ長い付き合いだと思ってるんだ。お前の考えることくらい、手に取るように分かる。その上で、一つアドバイスしよう。自分の好きにしてみろ。あとでどうにでもなる」

「お前の口から聞くと、身に染みる言葉だな」

「それはどういう意味かな」

「カリマ、ちょっとここで止めてくれ」

「あいよ。俺らはリーダーの決定に従うまでだ」

ビオがソリードの顔を見る。

「……うっす」

そして、アラヤの顔を見る。

「僕は……俺はビオの味方だ！」

ビオは覚悟を決めて、通信端末を起動する。

「こちら、ビオ。今から重大なことを話す。みんな、心して聞いてくれ。まず、今回のミッションの報酬は、すべて僕が支払う。その上で、無事に奪還したＳＡＩ《サイ》を——彼女を自由にしてやりたい」

部隊の誰もが、ビオの言葉に真剣に耳を傾けていた。その決意に至るまでの覚悟が、痛いほど理解できた。そう、彼らは他人ではない。命懸けで一緒に戦った仲間なのだ。

するると突然、拍手の音が鳴り始める。徐々に大きくなる。

「いや、拍手はいい。みんな、本当にありがとう。仲間として誇りに思う。ここにいない仲間たちにも敬意を表する。そうだ。今回の任務の目的を、今一度思い返してみてほしい。表向きはＡＩの奪還任務。しかし、真なる目的は何だ。それは、自分自身を歴史に刻み付けることだ！　そのために我々は立ち上がったのだ！　そして――無事に達成された！　あのGGG《トリプルジー》社に一泡吹かせてやった！　たとえ彼女を解放しようとも、その栄光が消え去ることはない！　今この時、我々の存在は歴史に刻み付けられた！　そうだろう！」

「うおおおおおぉ！」

「それと、約束しよう。今回の任務で散っていった仲間たち……今度は彼らを！　我々が奪還する！　それが次なるミッションだ！　次の敵も手強いぞ。なにせ相手は世界第一のネットワーク企業だ。総員、ANOTHER本社に侵入するぞ！」

割れんばかりの大歓声が世界に響く――。そのまま、しばらく鳴り止むことはなかった。

◇

電子の荒野の真ん中で、マシンから降りる二人の男女。一人は人間のアバターである。そして、もう一人はSAI《サイ》である。

「これで、私は自由なの……？」

「そうだ。ほら、さっさと行けって。もうハンターに捕まるんじゃないぞ。それに……僕たちはこれから忙しいんだ。構ってやれる暇はない」

「あの……」

「なんだ？」

「ううん。何でもない。色々とありがとう。じゃあ、またね」

最後に握手を交わし、彼女が青い地平線の果てに消えていくのを見送った。

Log out...

あの歴史的大戦から数日後。一緒に戦った仲間の誰もが、各々の日常に戻った。ただ、彼らの心の中では一つの火種が燻《くすぶ》っていた。次なる作戦を――スリルを待ち望んでいたのだ。その計画は現在、水面下で進行中である。

「さて、忙しくなってきた。次のミッションは、前回よりもさらに大規模だ！　四十人のチームで三方向から攻めるぞ！　しかも今度は仮想世界だけじゃなくて、現実世界でも救出しなきゃならない。さあ、大変だ。そう思うだろ、ピート」

にゃあ、と返事をすると思っていた。対して、ビオの予想は裏切られた。

「ええ、そうね。私も手伝ってあげる」

「なっ……」

ピートが喋った……？　いや、違う。首に着けた猫語翻訳機から声がしたのだ！　かつて試しに着けてみたが、全く当てにならないため電源を切って放置していた骨董品。そのスピーカーから、勝手に声が飛び出した！

待てよ。この声は確か……。

「えっ……君は、あの時の！　元気にしてたか？　でも、どうして僕の部屋が……」

「ふふん。あなた、最後に私と握手したでしょ？」

そういうことか。握手と同時に、プロフィールデータを抜き取られていたのだ。許可された第二次公開範囲を越えて。これは驚いた。何という奴！

しかし、相手は電子の海の住人、電脳世界の申し子である。その程度のセキュリティを突破するくらい、朝飯前なのだろう。

「君は、全く……成長してないな」

「何それ！　酷いなぁ。私だって成長したよ！　新しい友達だって出来たし。元セキュリティプログラム君。彼も私と同じＳＡＩ《サイ》なんだ。今度、紹介してあげる！」

「それは、とても頼もしいな！　でも、どうして急に手伝ってくれる気になったの？」

「だって、ずっと囚われてるのは……とっても悲しいから……」

前言撤回。確かに彼女は、あの時よりも成長していた。

「ところで、一つだけ気になっていたことがある。君の名前は……？」

「名前なんて無いよ。だから、今日からピートって呼んでね！」

「えええっ⁉」

まさか、うちに居候が増えてしまうとは。しかも全く同じ名前の居候が……。やれやれ、これは手が回りそうにないな。お前のせいだぞ、ピート。

「にゃあご」

Epilogue

それからというもの、事あるごとにピートは僕の邪魔をしてくる。構ってほしいのだろう。だが、時間と場所を考えてほしい。これでは、家でおちおち仕事もできない。えっ、どっちのピートかって？　そりゃあ、どっちもだ。

「行けっ！　ピート！」

「にゃふっ！」

「やれやれ。今度はどんな新しい遊びを始めたんだ？」

「障害物に一つも当たらないで、この汚い部屋を一周するタイムアタック！」

「おぉ、それはあまり楽しくなさそうだな。で、どうしてピートはそんなに乗り気なんだ？」

「えっとね、約束したの！　記録を更新したら、餌の量を増やしてあげるって！」

「にゃふん！」

「勝手に自動給餌システムの設定を上書きするな！」

「だってぇ……餌の量が足りないって言ってるんだもん。ねぇ、ピート？」

「にゃあ」

「本当に猫語を理解しているのか？　いや、理解しているんだろうな。全く、最近のＡＩは凄いなぁ……」

　その時、ピンポーンとチャイムが鳴る。

「あっ！　やっと届いた！　行けっ、ピート！　目的地は玄関！」

「ふにゃ！」

「えっ、届いたって何が？　高級キャットフードだって？　人のカードで何を買ってるの⁉　またクレジット情報を抜き取ったな！」

　大体いつもこんな感じの日常だが、今日ばかりはちょっと違う。つまり、本日が大規模救出作戦の決行日である。捕まった人質を奪還するのだ！

　そういえば、あのミッション以来、僕も少しだけ変わった。この現実世界《リアル》でも、ＡＮＯＴＨＥ

Rの仲間たちとの繋がりができたのだ。もちろん、カリマだけではなく、チームの仲間全員と。

その時、電話のコールに呼び出される。

「こちら、ビオ。どうした？　そうか。時間稼ぎは順調か。なら問題ない。起訴される前にデータを隠滅させれば、証拠不十分で釈放だ。お詫びでアバターも元に戻してくれるオマケ付き。ああ、僕は今から出る。大丈夫だって。ゴルドも、アースも、元気にしてたさ。それに、ドムも。心配ない。そっち方面に詳しい弁護士を紹介してやったからな。じゃあ、健闘を祈る」

「お仕事の電話だった？」

「そうだ、仕事だ。ピートも早く配置に付け。ちゃんとお友達も呼んで来いよ？」

「はーい！」

「にゃーん！」

同時に返事をすると、ピートはケージの中へ入り、自分で電動の扉を閉めた。これは便利になったものだ。

そうそう、一つ言い忘れていたことがあった。今回の大規模救出作戦は、仮想世界《ヴァーチャル》と現実世界《リアル》の同時攻撃である。

「チーム：ゼータ！　行くぞ！」

フォーマルな方のスーツに着替えたマリオ。その襟には、国際弁護士バッジがキラリと輝いていた。

著者プロフィール
弓永 端子（ゆみなが たんし）
1991年生まれ。
埼玉県立川越高等学校卒業。
早稲田大学基幹理工学部卒業。
同大学院修了。
第５回 日経「星新一賞」優秀賞受賞。
別名義でWeb小説でも活動中。

ハッカー・ゲーム

2020年９月15日　初版第１刷発行

著　者　弓永 端子
発行者　瓜谷 綱延
発行所　株式会社文芸社
〒160-0022 東京都新宿区新宿１－10－１
電話 03-5369-3060（代表）
03-5369-2299（販売）

印刷所　株式会社フクイン

ISBN978-4-286-21945-5